양경 新무협 판타지 소설

FANTASTIC ORIENTAL HEROES

樂工
武林

악공무림

악공무림 5

양경 新무협 판타지 소설

초판 1쇄 찍은 날 § 2014년 6월 19일
초판 1쇄 펴낸 날 § 2014년 6월 26일

지은이 § 양경
펴낸이 § 서경석

편집부장 § 권태완
편집책임 § 박은정
디자인 § 이거일

펴낸곳 § 도서출판 청어람
등록번호 § 제387-1999-000006호
등록일자 § 1999. 5. 31
어람번호 § 제2-2506호

주소 § 경기도 부천시 원미구 부일로 483번길 40 서경B/D 3F (우) 420-822
전화 § 032-656-4452 팩스 § 032-656-4453
http://www.chungeoram.com
E-mail § chungeorambook@daum.net

ISBN 979-11-316-9080-2 04810
ISBN 978-89-251-3723-0 (세트)

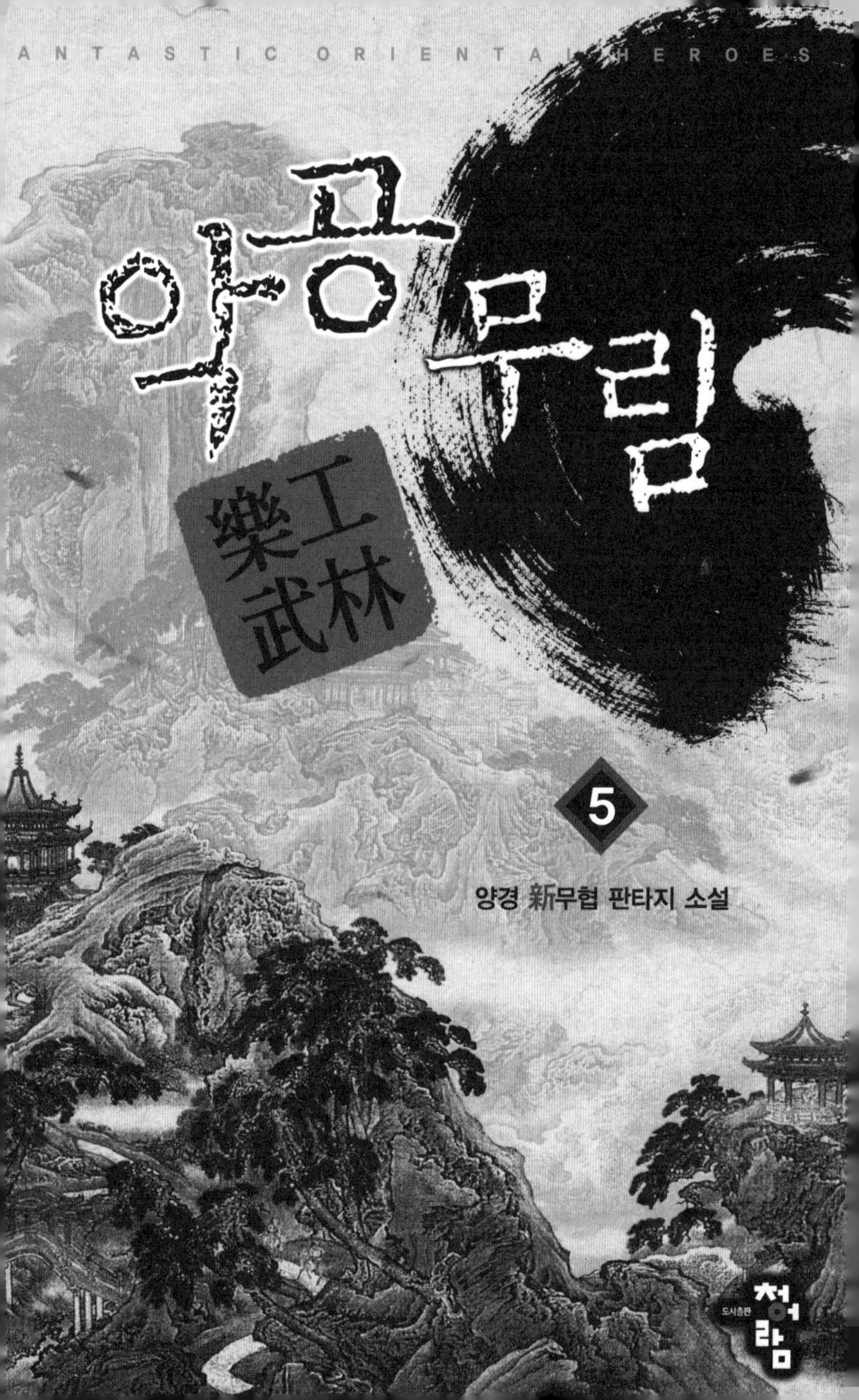
ANTASTIC ORIENTAL HEROES
악공무림
樂工武林
5
양경 新무협 판타지 소설
도서출판 청어람

1장
인질(人質)

樂武林

폭발에 휩싸였을 때,

송현은 더 이상 광릉산의 가락을 끌어올 수 없었다. 정신적
으로도 육체적으로도 이미 한계에 닿아 있었다.

처음 음률의 힘을 빌려 청령단을 상대한 이후 처음으로 찾
아오는 현상이다.

무력감이 찾아왔다.

쾅―!

그때 송현의 몸을 때리는 거대한 폭발성.

그 폭발음이 송현의 몸속에 거대한 울림을 만들며 휘돌았
다.

'어쩌면…….'

불현듯 뇌리를 스치는 생각.

어차피 이대로 있다가는 폭발 속에 부서져 가는 함선과 함께 자멸할 것이다.

차라리 무모한 도전이 나았다.

퍼—엉!

송현은 폭발 속에 몸을 내던졌다.

강렬한 폭발음이 온몸을 때렸다. 내부를 뒤흔들고, 휘돌았다.

화륵!

그 순간 불꽃이 일었다.

광릉산의 분노의 곡조다.

'가락을 불러올 수 없다면 소리를 품어 가락을 만들어내면 어떨까?'

절체절명의 순간 송현이 한 생각이다.

그 생각은 틀리지 않았다.

폭발음을 몸에 담고, 온몸에 담긴 소리로 광릉산의 곡조를 만들어냈다.

업화 속에 타오르는 송현의 몸은 도를 더해가는 폭발 속에 흩어지고 이지러지기를 반복했다.

풍덩!

그리고 바다 속으로 가라앉았다.

*   *   *

"우우우우!"

—맞잖아요! 그때 유 소저가 질투하고 있다는 거!

소구의 심언(心言)이 들린다.

'이, 이게 대체 무슨 일이지?'

바닷속으로 가라앉았었다가 겨우 빠져나왔다.

무리하게 소리를 운용한 탓에 적지 않은 내상도 입은 상태였다.

그렇게 구사일생으로 빠져나와 걱정했을 이들을 안심시키기 위해 웃음을 지었을 때,

덜컥 유서린이 달려와 안겨 눈물을 쏟아냈다.

이미 눈물범벅이 된 얼굴로.

당황했다. 하지만 그만큼 걱정했으리라 생각할 수 있는 문제였다.

적어도 유서린이 입을 열기 전까진 말이다.

"알겠어요."

느닷없는 그 말에 반문했다.

그리고 유서린은 그 반문에 대답했다.

"제가 당신을 왜 좋아하는지 이제 그 이유를 알겠다고요."

그 대답에 머리가 멍해졌다.

그것이 죽을 고비를 넘기고 구사일생으로 살아 돌아온 송현이 현재 맞닥뜨린 상황이다.

유서린의 반응도, 소구의 심언도.

무엇이 대체 어떻게 된 영문인지도 전혀 짐작가지 않는 상황이었다.

송현은 어색한 웃음을 지었다.

품속에 뛰어와 안긴 유서린.

전혀 예상치 못한 그녀의 행동에 송현은 엉거주춤한 자세로 주위를 둘러보았다.

소구는 거보라는 듯 바라보고 있고, 진우군과 위전보는 슬쩍 고개를 돌려 버린다.

거대한 폭발 속에 사라지던 배 위에 있을 때보다 지금이 더욱 당황스럽고 난감하다.

"저… 저……."

"왜 그러시죠? 이런 제가 싫으신가요?"

당황한 송현이 도움을 청하기 위해 입을 열었을 때,

송현을 꽉 끌어안은 채 그의 가슴에 얼굴을 파묻고 있던 유서린이 고개를 들어 물었다.

"아니, 아닙니다! 그저 싫다기보단……."

당황한 송현이 무어라 말하려는 사이,

"그럼 아무 말 말고 계세요."

유서린은 그 말마저도 잘라 버리고 다시 송현의 가슴에 얼굴을 파묻었다.

저돌적이어도 너무나 저돌적이다.

평소 차갑고 이지적인 유서린의 모습과는 전혀 다른 모습이다.

송현으로서는 여전히 당황스러운 상황의 연속이다.

그런 송현에게 도움의 손길을 내민 이는 의외로 진우군이었다.

"해후는 이쯤으로 하지. 혈천패는 어떻게 됐나?"

진우군의 물음에 송현은 고개를 저었다.

가슴팍엔 여전히 유서린이 얼굴을 파묻고 있는 채이지만, 그래도 이렇게 진우군과 대화라도 할 수 있는 것이 마음이 편했다.

"모르겠습니다. 폭발과 함께 그의 모습은 사라져 버렸으니까요."

"폭발에 휩쓸렸단 말인가?"

"그건 아닐 것입니다. 그러기엔 그는……."

'너무나 여유로웠지.'

너무나 여유로웠다. 스스로 그러한 폭발을 만들어냈을 정도라면, 그리고 그 폭발 속에서 자신의 목숨마저 보전하지 못할 상황이라면 그렇게 여유로운 모습을 보이지는 않았을 것이다.

무엇보다,

'폭발에 휩쓸렸다면 그 소리를 내가 듣지 못했을 리 없어.'

극도로 발달된 청각은 사소한 소리 하나하나까지 잡아낸다.

굳이 집중하지 않는다 하여도 고양이가 걸어가는 발걸음 소리마저 들을 수 있을 정도다.

혈천패가 폭발에 휩쓸려 죽어버렸다면 그 소리는 굳이 송현이 의식하지 않더라도 들을 수 있었을 것이다.

"그렇군."

진우군이 담담히 고개를 끄덕인다.

그 또한 천외사천 중 일인인 혈천패가 이토록 간단히 죽음을 맞이했으리라고는 기대치 않은 듯했다.

어찌 되었든 좋은 소식은 아니다.

혈천패가 왜적과 결탁했다.

"주목!"

진우군이 소리쳤다.

유서린도 차마 그 목소리만큼은 외면하기 어려웠는지 송현의 품에서 빠져나와 자세를 바로 했다.

화악!

없던 용기가 끓었다가 사그라지니 뒤늦게 창피함이 몰려드는 듯했다.

얼굴이 붉어진 유서린이 고개를 푹 숙인다.

진우군은 그런 유서린에게 시선도 주지 않았다.

"처음 예정대로 움직인다. 혈천패의 생존 가능성이 높으니 그가 다시 모습을 드러낼 수도 있다. 긴장을 늦추지 않도록."

짧은 명령이었다.

전황이 정리된 지금,

왜적이 노린 의도는 명확했다.

송현이 고개를 주억이며 진우군의 말을 받았다.

그러면서도 힐끔힐끔 유서린을 향해 시선이 향하는 것은 아직도 유서린의 갑작스러운 행동이 마음에 쓰이는 탓이다.

"그렇군요. 저들은 사로잡은 백성을 인질로 삼아 저 배들과 함께 우리를 처리하려 했습니다. 그 과정에서 혈천패가 모습을 드러냈고, 또한 저들이 소기의 목적을 이루지 못한 지금은… 또 다른 움직임을 보이겠지요."

"우우!"

─혈천패가 먼저 움직일 거예요.

소구가 말을 보탠다.

혈천패가 작정하고 치고 빠지는 전법을 펼친다면 움직임에 상당한 제약이 따를 수밖에 없다.

그는 누가 무어라 해도 천외사천 중 일인이다.

일신의 무력은 여기 있는 누구도 감히 그와 견줄 수 없다. 더욱이 진천벽력뢰를 폭발시키면서도 흔적도 남기지 않고 몸을 빼내는 운신의 능력까지 보이지 않았는가.

혈천패 하나로 인해 괴멸의 피해를 보진 않겠지만, 상당한 고생을 감수해야 할 것이다.

그것을 미연에 방지하기 위해서라도 경계를 소홀히 할 수는 없었다.

"그럼 이상으로 명령은……."

진우군이 상황을 정리하려 할 때다.

두—둥!

송현의 뇌리로 기묘한 가락이 들려왔다.

거문고 소리도 아니고 칠현금 소리도 아니다. 그렇다고 비파 소리도 아니다.

지금껏 한 번도 들어본 바 없는 악기의 소리다.

하지만 모순되게도 그 음률이 너무나 친숙하다.

'선이……?'

송현은 자신에게 새로운 슬픔의 끈이 생겼음을 발견했다.

영문을 알 수 없는 현상에 송현은 고개를 돌려 주위를 바라보았다.

'모두!'

천권호무대 모두 새로운 슬픔의 선이 생겨나고 있다.

가늘고 희미한, 집중하지 않으면 볼 수 없을 만큼 미세한 선이다.

그 선이 동시에 흔들린다.

"음!"

휘청!

송현이 가는 신음과 함께 몸을 휘청거렸다.

"무슨 일이신가요? 어디 다치신 데라도 있는 건 아니에요?"

유서린이 그런 송현을 부축하며 걱정스럽게 묻는다.

송현은 그런 유서린의 부축을 받으면서도 좀처럼 대답을 하지 못했다. 스스로 자세를 바로 해 몸을 세우지도 못했다.

송현의 눈빛이 깊어졌다.

그리고 고개를 젓는다.

"아닙니다. 상처는… 없어요."

폭발 속에 몸을 내던진 탓에 내부가 진탕되긴 했다. 때문에 피를 토하기도 했다.

후유증은 거기까지다.

속이 메슥거리기는 했지만, 그 때문에 중심이 흐트러져 휘청거릴 정도는 아니었다.

진짜 이유는 따로 있었다.

그것은 확실한 근거가 아닌, 단지 감(感)이었다.

그러나 그 느낌이 그 어느 때보다 강렬했다.

"주 형께 위험한 일이 생긴 것 같습니다."

천권호무대 전원에게 생긴 슬픔의 선.

그 선의 정체는 주찬이었다.

*   *   *

주군균 진영의 분위기는 침중했다.

기습이 있었다. 아군이라 믿었던 이들의 기습이다. 다행히 기습이 시작됨과 동시에 터진 신호탄으로 인해 큰 병력의 피해는 없었다.

하지만 절강군 총지휘자,

지휘첨사 주군균이 기습을 당했다.

생사를 장담할 수 없는 중한 부상이다.

"이걸 다 어찌하누."

항주에서 급히 불러온 노파는 주름진 이마를 찌푸렸다.

평소 지휘첨사 주군균의 몸을 살폈던 이이니만큼, 주군균이 큰 부상을 당하자마자 가장 먼저 불러들인 의원이 노파였다.

노파의 주름진 손이 주군균의 상처에 닿았다.

"음!"

의식이 없는 와중에도 고통은 전해지는지 주군균의 입에서 신음이 흘러나왔다.

상처는 컸다.

가슴부터 시작된 상처는 사선으로 이어져 배까지 크게 가로지르고 있었다.

부러진 검은 주군균의 왼쪽 어깨뼈를 관통하고 있었다.

검이 부러지지 않았다면 그대로 심장이 꿰뚫고 지나갔을 것이다.

"아픈 건 아는 모양이니 당장 숨이 끊기진 않을 것인데… 이걸 다 어찌 수습하누. 기력이 떨어졌으니 마취산도 쓰지 못할 것인데……. 일단은 나가보시구려. 내 치료를 할 것이니."

노파의 말에 장수들이 막사를 빠져나갔다.

막사 안엔 노파와 의식이 미미한 주군균만이 남게 되었다.

주군균을 바라보는 노파의 눈빛엔 안쓰러움이 가득했다.

"그래, 또 제 자식 잃은 것도 모자라 이번엔 그대마저 삼도천으로 가려 하누. 참으시구려. 그 들어먹지도 못할 군관이니 어쩌니 하는 말도 그대가 살아야 가능한 말이 아니겠소."

노파의 손이 움직인다.

흘러나온 장기를 모두 제자리에 돌려놓는다. 그다음 명주실로 꿴 소독한 바늘로 벌어진 상처를 꿰맨다.

"음!"

살점을 꿰뚫는 고통에 주군균의 입에서 또다시 신음이 흘러나왔다.

단호영이 배신했다.

믿었던 이의 배신이기에 무방비 상태로 단호영의 공격을 허용할 수밖에 없었다.

중심이 무너져 쓰러지는 주군균에게 남은 것은 죽음뿐이었다.

하지만 반전이 일어났다.

병사로 위장한 주찬의 느닷없는 등장.

주찬은 주군균의 목숨을 끝내려는 단호영을 저지했고, 잠든 진영을 깨우기 위해 기이한 병기로 신호탄을 쏘아 올렸다.

"간밤에 체조 한번 징하게 해보자, 이 염병할 것아!"

단호영을 막아선 주찬이 소리쳤을 때,

"네가 어찌 여기 있느냐? 너는 해염으로······!"

우습게도 주군균은 주찬의 도움에 안심하기보단 해염으로 가야 할 주찬이 이곳에 있다는 것에 놀랐다.

혹여나 또 다른 문제가 있는 것이 아닐까 하는 걱정이 앞선 탓이다.

"꼰대, 다 죽어가면서 걱정은! 걱정 마시우! 나머지는 다 알아서 잘하고 있을 테니까!"

그런 주군균을 향해 주찬이 핀잔을 놓았다.

그리고 주군균을 등진 채 단호영을 바라보며 나직이 입을 열었다.

시선은 단호영을 향하고 있었지만, 주찬의 입에서 흘러나오는 말은 분명 주군균에게 하는 것이었다.

"난 꼰대가 싫소. 그놈의 군관의 정신인지 나발인지 때문에 형님마저 잡아먹었으니까. 그러고도 정신 못 차리고 이러고 있으니까. 그 꼴 보기 싫어 나갔소. 죽을 고비 넘기고 생고생해도 그게 훨씬 행복했소."

웃고 있었다.

비록 주군균의 눈에 들어오는 것은 주찬의 등이 전부였지만, 분명 주군균은 그 등에서 주찬의 웃음을 보았다.

마냥 기쁜 웃음만은 아니었다.

"쎄하더라고. 단호영 저 인간이 그렇게 친절한 인간이 아니거든. 남이야 죽든 말든 자기만 괜찮으면 다 괜찮은 인간이란 말이야."

"당신의 험담을 이렇게 면전에서 받기는 또 처음이군요."

주찬의 말에 단호영이 빙글 웃었다.

주찬의 가세에도 전혀 위협을 느끼지 않는 듯했다.

"닥쳐, 이 염병할 자식아! 하여간, 그래서 왔소. 꼰대 좋아서 온 거 아니니 괜한 소리 마십시오. 형 잡아먹은 꼰대처럼 되기 싫어서 온 거니까."

＊　　　＊　　　＊

"……."

송현은 입을 굳게 다물었다.

다른 천권호무대 또한 마찬가지다.

순전히 송현의 감에 의한 말이다. 하지만 진우군은 그 감을 가볍게 여겨 넘어가지 않았다. 슬픔의 선이라는 것을 통해 인견왕을 쫓아 처단해 낸 송현이다.

일반적인 상식으로 송현의 능력을 판단할 수 없음을 아는 것이다.

그래서 급히 진우군의 진영으로 몸을 옮겼다.

어차피 포로로 사로잡힌 백성들을 수습하는 일이야 굳이 천권호무대가 함께하지 않아도 되는 일이었다.

혈천패가 걱정되는 것 또한 사실이지만, 그보다 우선되는 것이 주찬의 안전이었다.

그리고 주군균의 진형에 들어와서 모든 사실을 들었다.

단호영의 배신.

그런 단호영이 진행한 주군균의 암살시도.

이를 막으려던 주찬.

주찬이 잡혀갔다.

주군균은 생명이 위독할 만큼 중한 상처를 입었다.

그 두 가지 모두 심각했다.

"구하러 가야죠."

유서린이 말했다.

하지만 진우군은 입을 꾹 다물고 있을 뿐이다.

상황의 심각함을 모르는 것은 아니다. 주찬을 구해야 한다는 것도 맞다.

하지만 섣불리 움직이기에는 위험 요소가 너무나 많았다.

"일단은… 대기한다."

"지금은 그래야겠군요."

송현도 고개를 끄덕이며 동의했다.

진우군이 현재 내릴 수 있는 최상의 선택은 그것이었다.

"송 악사님!"

유서린이 그런 송현을 향해 소리쳤다.

설마 송현이 이런 소리를 할 줄은 꿈에도 상상해 보지 않은 듯했다.

송현은 고개를 저었다.

"냉정하게 들리겠지만 사실이에요. 위험 요소가 많아요. 우리가 주 형처럼 잠입에 능한 능력을 지니고 있다면 좋겠지만 그렇진 않잖아요. 주 형을 구하려면 직접 왜구의 진형으로 쳐들어가야 해요."

"그렇지. 최악의 경우 혈천패까지 생각해야 한다."

"하지만 이렇게 있어도 달라지진 않는 건 마찬가지죠!"

"아니. 달라질지도 모른다."

"설마······."

"절강군의 힘을 빌려야지."

그것이 진우군의 생각이다.

절강군의 힘을 빌릴 수 있다면 위험부담은 그만큼 줄어들게 마련이다. 아무리 혈천패라 한들 절강군 전부를 감당할 수는 없다.

송현 또한 고개를 끄덕였다.

'하지만······.'

진우군과 같은 생각이다.

하지만 진우군도 알고 있을 것이다.

그 가능성은 극히 희박했다.

"깨어나셨습니다!"

그렇게 천권호무대의 행동을 결정하고 있을 때,

병사 하나가 막사에서 뛰어나왔다.

주군균이 깨어났음을 알리는 소리였다.

* * *

진해 왜군 진형.

엄중한 경계는 잘 벼린 칼날처럼 예리했다.

그 중심에 자리한 거대한 막사 안.

나가토는 꿇은 무릎 위에 검을 올려놓고 눈을 감고 있었다.

갑주를 벗지 않은 채.

굳게 입을 다문 그의 표정은 심각하기 그지없었다.

"무사의 명예를 저버리라 해서 죄송합니다."

저 동쪽 바다 너머의 고향을 떠나올 때,
그의 어린 주군과 나눈 마지막 대화가 귓가에 선명히 맴돌
고 있었다.
복잡한 정세, 점점 더 도를 넘어서는 전황.
전국(全局)은 이미 고삐 풀린 말처럼 파멸을 향해 내달리고
있었다.
그 속에서 그의 작은 영주는 바람 앞의 촛불처럼 위태로운
처지에 놓여 있었다.
그를 지키기 위해서였다.
무사의 숭고한 정신을 버린 채 한낱 왜구가 되었던 것도, 먼
바다 건너 이국에서 피를 흘리는 것도.
하지만 우세했던 전황은 점점 더 어려워지고 있었다.

"그대의 손에 모든 것이 달려 있습니다."

짊어진 갑주의 무거움이 새삼 느껴졌다.
전국은 과거와는 양상이 달라졌다.
천둥소리를 내는 막대기 하나를 든 양민이 몇 년을 단련한
병사를 앞선다.

애석하게도 그의 주군은 그 천둥 막대를 지니지 못했다.

그것을 생산할 능력도, 힘도 지니지 못했다.

그렇기에 필요했다.

"화포를 가지고 오세요."

천둥소리를 내는 막대를 제압할 수 있는 무기.

화포.

그 화포를 얻기 위해 혈천패와 밀약을 맺었고, 이 낯선 이국 땅에서 주군의 병사들은 피를 쏟으며 죽어가고 있다.

우세하던 전황이 열세로 바뀐 지금도 물러설 수 없는 건 그 때문이다.

약속 받은 화포를 얻어야 한다.

그 화포를 통해 그의 주군을 지키고 주군의 영지를 지켜야 했다.

"……."

마음을 정리하던 나가토가 굳게 닫았던 눈을 떴다.

어느덧 그의 앞에는 평범한 외양의 노인이 서 있다.

하지만 나가토는 그를 향한 경계를 늦추지 않았다.

"혈천패……!"

나가토의 입에서 노인의 호칭이 흘러나왔다.

혈천패.

저 넓은 바다를 건너와 그의 주군에게 화포를 주겠다고 제

의한 인물.

혈천패는 나가토의 표정을 보고는 씩 웃음을 지었다.

"생각이 많은 모양이군. 후회하는가?"

"후회 안 한다."

"그렇겠지. 자네와 자네의 주군으로서는 화포가 유일한 생명줄이니."

"그렇다."

"미안한 말을 전해야겠네."

"실패?"

"실패했지. 해염에 계획한 일은 깔끔하게 실패했네. 자네가 관심 있게 보던 풍류선인 송현이란 자 때문이지."

"…의외다."

나가토의 입이 무겁게 열렸다.

완벽한 계획은 없다.

하지만 완벽에 가까운 계획은 있다.

돌발적인 변수가 적고 적의 대응이 예상을 벗어나지 않는 경우다.

그런 의미에서 보자면 해염에서 절강군의 절반을 몰살시키겠다던 계획은 완벽에 가까웠다.

벽력진천뢰는 날씨에 영향을 받는 물건이 아니다. 해염을 공략한 절강군의 목적이 포로의 구출인 이상 그들은 불길함을 안고도 배에 오를 수밖에 없었다.

그 완벽에 가까운 계획이 틀어졌다.

송현 때문이라 한다.

첫 만남 때부터 눈여겨본 존재다.

그가 선보인 신기한 능력 탓에 나가토는 호승심을 불태웠다.

지금은 호국염왕이라 불리며, 자군(自軍)의 기피 대상 중 가장 곤란한 상대로 손꼽히는 자이기도 하다.

"미리 죽여야 했다."

나가토는 송현을 미리 처리하지 못한 것을 자책했다.

그에게 관심이 생겼기에 내버려 두었다. 아니, 당장 그 하나에 집중하기보다는 전체에 집중하려 애써 신경을 끄려 했다.

한 사람의 힘으로 전세가 뒤집히지는 않으니까.

하지만 뒤집혔다.

"상황이 어려워졌다."

"허허허, 일이 그렇게 되었네. 미안하네."

심각한 나가토와 달리 혈천패는 대수롭지 않은 듯 웃었다.

그것이 나가토의 심기를 건드릴 때다.

"주군균도 의식을 차렸나 보더군요. 절강군 진영의 움직임이 부산해졌습니다."

막사의 천막을 걷으며 들어오는 이가 있었다.

"그자도 보기보다 명이 긴 듯하구먼그래. 설마 단호영 자네가 일을 허투루 처리했을 리는 없을 테니 말이야."

"방해 요소가 있었습니다."

"그래, 주군균의 아들이 있었다고?"

"예, 주찬이란 놈이지요. 지금까지 맹주의 개 노릇을 하고 있던 녀석입니다. 으득!"

담담한 어조와 달리 이야기 끝에 단호영은 이를 악물었다.

예상치도 못한 주찬의 개입으로 일이 틀어져 버렸다.

지금껏 단 한 번의 실패도 없던 이력에 오점이 생겨 버렸다.

"명하신다면 이번에는 기필코 주군균의 목을 대령하겠습니다."

오점이 생겼으니 그 오점을 다시 덮어야 한다.

단호영의 결의에 찬 눈빛이 혈천패에게로 향했다.

북궁정을 배반한 지금,

단호영의 상관은 혈천패다.

단호영의 야망과 권력욕을 채워줄 수 있는 유일한 끈이 바로 그였다.

"허허! 그만두시게."

"해라!"

두 사람의 목소리가 얽혔다.

서로 상반된 내용이다.

그만두라 한 이는 혈천패이고, 주군균의 목을 베어오라 주장한 이는 나가토였다.

"그리하겠습니다."

단호영이 대답했다.

그리고는 가만히 혈천패의 곁에 선다.

그가 누구의 명을 따르는지, 또 누구의 말을 더욱 중히 여기는지 명백히 보여주는 행동이다.

꿈틀!

"죽여라. 다시 죽이고 오면 된다!"

나가토의 목소리가 무겁게 단호영을 압박했다.

"한 번 실패한 일일세. 저들도 바보가 아닌 이상 대책을 세워놓았을 게야."

"그의 목이 필요하다."

나가토와 혈천패의 의견이 팽팽하게 대립했다.

함정을 통해 절강군의 절반을 몰살시키겠다던 계책은 실패했다. 동시에 노리던 주군균의 목도 결국 갖고 오지 못했다.

해염을 내어준 현재,

상황은 오히려 나가토에게 더욱 불리해졌을 뿐이다.

분위기를 반전시킬 요소가 필요했다. 그것도 보통의 것으로는 안 된다.

절강군 총책임자,

지휘첨사 주군균의 목.

그것이라면 이 상황을 단번에 반전시킬 수 있었다.

그렇기에 나가토는 이토록 주군균의 목을 원하고 있는 것이다.

그렇게 두 사람이 대립할 때,

"우습군요."

불쑥 단호영이 두 사람의 대회에 끼어들었다.

"한낱 오랑캐의 장수 따위가 누가 누구에게 명령하고 있는 것인지 모르겠습니다. 안 그렇습니까?"

동의를 구하는 단호영의 시선은 혈천패에게 닿아 있었다. 하지만 그의 말이 향하고 있는 것은 나가토였다.

어쩔 수 없는 일이었다.

단호영에게 나가토는 그리 중요한 인물이 아니었다.

그의 야망에 어떠한 도움도 되지 않았고, 그의 욕심을 채워줄 만한 능력도 없었다.

주군균의 목을 노린 것도 순전히 혈천패 때문이었다.

그런데 지금 나가토는 단호영에게 명령을 하고 있다. 단호영은 그것이 마음에 들지 않았다.

처음 주군균을 대면했을 때처럼 단호영은 확실히 선을 긋고 있었다.

"그렇다."

나가토가 고개를 끄덕였다.

"너는 내 명령을 들을 이유가 없다. 그럼!"

모욕이라 느껴질 만하건만 나가토의 목소리에는 고저가 없었다. 아니, 감정이 느껴지지 않았다.

툭.

무언가 떨어졌다.

단호영의 시선이 아래로 향했다.

굵은 고깃덩어리.

익숙한 모습이다. 그런데도 어딘가 이질적이다.

그 미묘한 괴리감에 단호영의 생각이 머물러 있는 사이,

왈칵!

피가 쏟아져 나왔다.

단호영의 어깨에서, 그리고 바닥에 떨어진 고깃덩어리에서.

고깃덩어리는 조금 전까지 단호영의 어깨에 붙어 있던 그의 오른팔이었다.

언제 어떻게 떨어져 나갔는지도 모른다.

아무런 기척도 없었고, 심지어 떨어져 나간 팔에선 지금도 고통이 느껴지지 않는다.

눈으로도 좇을 수 없었고 감각으로도 느껴지지 않았다.

지독한 쾌검이다.

"큭!"

고통은 뒤늦게 찾아왔다.

그 지독한 고통에 입술을 악문 단호영은 남은 한 팔로 잘린 어깨를 부여잡았다.

독기가 서린 두 눈은 나가토를 노려보고 있었다.

"그 팔은 필요 없다."

하지만 정작 단호영의 팔을 잘라 버린 나가토의 눈은 평온하기만 했다.

그리고 단호했다.

단호영이 그의 명을 듣지 않는다. 그렇다면 단호영이 그렇듯 나가토 또한 단호영은 그리 중요한 존재가 아니었다.

"나를 위해 검을 휘두를 팔은 필요했다. 하지만 넌 아니다."

단호영의 팔을 잘라 버린 것은 그 때문이다.

그에게 필요 없으므로.

아니, 혈천패만 아니었다면 잘려 나간 것은 단호영의 목이 되었을 것이다.

나가토의 시선이 거두어졌다. 그리고 혈천패에게로 향한다.

무심하던 나가토의 두 눈에 힘이 들어갔다.

일종의 경고였다.

"주군균의 목이 필요하다."

이번에도 거절한다면 그다음 그의 칼날이 향할 곳은 혈천패였다.

"쯧쯧쯧, 젊은 사람이 말을 조심해야지. 애먼 팔만 잃지 않았는가. 뜨거운 열정도 좋지만 망하는 것도 그 열정 때문이야."

경고의 의미를 모를 리 없는 혈천패건만 혈천패는 오히려 단호영을 탓했다.

눈앞에서 단호영의 팔이 떨어져 나갔음에도 그는 오히려 느긋한 모습이다.

"주군균의 목이 필요하다."

나가토는 목소리에 힘을 실었다.

그의 요구는 언제나 한결같았다.

"그만하세. 위에서는 더 이상의 전쟁은 무용하다 여기시는 듯해. 하니 주군균이란 장수의 목도 더는 욕심낼 필요가 없다는 게야."

"약속은?"

"끝내자는 말일세."

약속의 끝.

혈천패가 처음 그의 주군을 찾아왔을 때 내건 조건은 아직 완수하지 못했다.

먼 바다 건너 이국의 대륙에서 흘린 피는 모두 덧없어졌다.

"알겠다."

나가토가 고개를 끄덕였다.

스확!

은빛 섬광이 번쩍이고,

찰칵!

뒤늦게 칼 소리가 울렸다.

섬광은 혈천패를 향하고 있었다.

　　　　*　　　　*　　　　*

치지직.

생살을 태우는 메케한 연기가 피어올랐다.

"크악!"

단호영이 비명을 내질렀다.

팔이 잘려 나갔다. 그것도 모자라 불에 달군 인두로 생살을 지지고 있다. 그 고통은 아무리 단호영이라도 웃어넘길 수 있는 것이 아니었다.

"쯧쯧, 조용히 하게. 큰일 할 사람이 어찌 그리 비명을 함부로 지르는가."

그러나 정작 혈천패는 여유로웠다.

마치 아무런 일도 아니라는 듯 장난 같은 손길로 단호영의
잘린 어깨의 상처 부위를 지지고 있다.

"이야기는 끝났으니 우리는 우리의 길을 가면 되는 걸세. 잘
린 팔도 아까워 말게. 곧 그보다 좋은 것을 얻을 수 있을 테
니."

*　　　*　　　*

나가토는 망루에 올랐다.

강한 바람이 얼굴을 때림에도 나가토는 눈 하나 깜빡이지
않았다.

저 멀리 절강군의 진영이 눈에 들어온다.

들은 것과 같이 분주한 모습이다.

"약속한 화포와 벽력진천뢰는 이미 이곳으로 오고 있네. 약속
을 깨겠다고 하는 것이 아니야. 단지 약속을 여기서 끝내겠다는
것이지."

여기서 그만두겠다던 혈천패의 설명이다.

손해 볼 것은 없다.

애초에 원하는 것은 모두 손에 넣었으니까.

하지만,

"자, 그럼 이제 어찌할 텐가? 원하는 것을 얻었으니 떠나야겠지?"

은근하던 혈천패의 물음.

그는 마치 모든 것을 알고 있다는 듯한 눈웃음을 지었다.

그리고 지금,

"올려라."

나가토의 명령에 긴 장대가 망루 위에 세워졌다.

이 정도 높이라면 절강군의 진영에서도 충분히 보이리라.

"……."

나가토는 말없이 돌아서서 망루를 내려왔다.

이대로 돌아가면 된다.

그것이 가장 이상적인 방법이다. 앞을 생각해도 더 이상의 병력 소모 없이 본국으로 돌아가는 것이 맞다.

하지만 그러지 않았다.

망루를 내려온 나가토는 고개를 들었다.

망루에 세워진 장대.

그곳에 주찬이 걸려 있다.

낭자된 몸에 의식마저 혼미한 듯 보인다. 그나마 간간이 오르내리는 가슴의 움직임으로 보아 아직 숨이 끊어지지 않았음을 짐작할 수 있었다.

펄럭!

그의 몸에 매어둔 깃발이 바람에 펄럭였다.

단 두 글자.

오라!

나가토가 정한 전쟁의 끝은 아직 오지 않았다.

2장

큰 것을 지키려는 자,
소중한 것을 지키려는 자

樂武林

오라!

짧은 두 글자.

송현은 그 깃발을 바라보고 있었다.

만신창이가 된 주찬의 모습도 선명히 보인다.

'무슨 의미일까.'

단지 주찬을 인질로 잡아 함정으로 끌어들이려는 것일까.

송현은 고개를 저었다.

'아니야. 그렇다면 군이 저렇게까지 할 필요는 없어.'

어차피 주찬이 잡혀간 것은 안다.

이런 식의 도발은 불필요했다.

송현은 오히려 저들의 모습에서 이유 없는 조급함을 느꼈다.

'어느 쪽이든 좋진 않겠지.'

좋진 않다.

멀리서 보기에도 주찬의 상태는 심각했다. 저들이 주찬의 가치를 알고 있다면 목숨을 잃게 하지는 않겠지만, 그렇다고 언제까지고 이대로 방치했다가는 두고두고 후유증을 걱정해야 할 것이다.

무엇보다 중요한 것은 저들이 지금 조급해하고 있다는 점이다.

저들의 마음속에 정해놓은 기한이 지난다면 그땐 정말 주찬의 목숨을 장담할 수 없게 된다.

송현이 생각하는 사이,

"회의가 있대요."

유서린이 다가와 말했다.

"그렇겠군요."

송현이 고개를 끄덕였다.

주군균이 의식을 차렸다. 주찬이 왜구의 망루에 걸렸다.

어떤 식의 결과가 나오든 회의 과정은 거쳐야 할 것이다.

송현은 회의에 참석하기 위해 몸을 돌렸다.

하지만 마음속에는 망설임이 깃든다.

'과연······.'

과연 결과는 어떻게 나올까.

아니, 어쩌면 이미 그 결과를 알고 있는지도 몰랐다. 다만 마지막 희망의 끈을 놓지 않으려 지금껏 기다린 것인지도 몰랐다.

＊　　　　＊　　　　＊

항주를 수비하는 이들을 제외한 절강군의 모든 장수가 한자리에 모였다.

주군균은 갑주를 차려입고 회의의 중심에 섰다.

아직 부상이 다 낫지 않았다. 무거운 갑주를 착용한 채 이렇게 자리를 지키고 있는 것도 힘에 부칠 것이다.

그럼에도 그는 흐트러진 모습을 보이지 않았다.

그가 이 절강군을 이끄는 총책임자이기 때문이다.

그는 그런 사람이었다.

천권호무대 전원이 참석을 마치자 주군균은 그제야 굳게 다물고 있던 입을 열었다.

"…회군하겠소이다."

그의 수하들뿐만 아니라 절강 무림 대표들, 천권호무대가 함께한 자리다.

그렇기에 그는 굳이 하대가 아닌 하오체를 고집했다.

'역시!'

송현은 눈을 질끈 감았다.

그의 말투가 어찌 되었든 상관없었다.

회군.

결국, 그는 마지막까지 송현이 가지고 있던 희망의 끈을 놓아버렸다.

마음 한편으로는 예상하고 있던 일이다.

그러나 그 불길한 예상이 현실이 되었다고 충격이 없는 것은 아니다.

술렁이는 좌중.

주군균은 다시 입을 열었다.

"아시는 분은 아시리라 생각하오. 지금 저기 저 왜군의 망루에 걸린 녀석이 본관의 자식이외다."

알고 있다.

그 사실을 모르는 자는 여기 이곳에 아무도 없다.

그렇기에 술렁이는 것이다.

"저들 또한 알고 있을 것이오. 저렇게 걸어둔 것 또한 그 때문이겠지요. 또한, 녀석을 저리 내걸었다는 것은 저들도 저들 나름의 준비를 끝냈다는 이야기가 될 것이오."

담담한 이야기.

그의 목소리 또한 담백하기 이를 데가 없다.

도저히 자신의 아들이 적군의 수중에 사로잡혀 있다고 보기는 어려운 모습이다.

누구도 쉬 입을 열지 못했다.

"해서 본관은 회군을 결정한 것이오."

보다 명확해졌다.

그가 무슨 이유로 회군을 결정한 것인지.

"주 형은… 결국 구하지 않겠다는 말이군요."

송현이 입을 열었다.

회군을 결정했다. 그리고 회군을 결정하게 된 이유도 말했다.

결국 주찬을 구하기 위해 절강군을 위험에 빠뜨릴 수 없다는 말이다. 개인의 정보다 군관으로서 의무를 중시하는 주군균다운 결정이었다.

"누구 때문이죠?!"

누군가 소리쳤다.

평소라면 얼음장만큼 차가웠을 목소리에는 분노가 담겨 있었다.

유서린이다.

날카롭게 벼린 유서린의 눈빛은 주군균을 노려보고 있었다.

"주 선배께 어떻게 이럴 수 있는 거죠? 당신을 지키다 포로가 되었잖아요. 주 선배는 그래도 당신을……."

그녀답지 않게 흥분한 모습이다.

감정이 이성을 앞선다.

평소와 다른 모습이지만, 송현은 그녀가 왜 이러는지 이해할 수 있었다.

그러나 지금 이 자리에서 할 이야기는 아니었다.

"그만하세요."

"그만!"

송현의 목소리와 진우군의 목소리가 섞였다.

그리고 유서린의 말을 가로막았다.

"죄송합니다. 수하가 무례를 저질렀습니다. 그럼 이 일은 그렇게 처리하는 것으로 알고 있겠습니다."

진우군이 나서서 유서린의 행동을 사과했다.

주군균은 여전히 담담한 표정이다.

"아니오. 유 소저의 말에 어찌 본관이 할 말이 있겠소. 하나 제 아들놈 때문에 절강군을 희생시킬 수는 없소. 준비 기간은 하루. 내일 절강군은 다시 항주로 돌아갈 것이오."

"알겠습니다."

두 사람의 이야기가 끝이 났다.

주찬의 아비이자 군을 대표하는 주군균의 태도에 결정이 났고, 주찬이 소속된 천권호무대의 대주인 진우군의 입장도 결정 났으니 더 이상의 이야기는 모두 무용해졌다.

하지만 아직 유서린의 감정 정리는 끝나지 않았다.

"대주님!"

유서린이 독단적으로 일을 처리한 진우군을 향해 소리를 높였다.

지금껏 아무런 행동 없이 기다린 것도 절강군의 협조를 얻을 수 있으리라는 기대 때문이었다.

그 기대가 깨졌다.

그런데도 진우군은 거기에 대해 단 한 마디 항변도 하지 않았다.

그것이 유서린을 더욱 화나게 하는 요소였다.

"유 소저."

송현이 그런 유서린을 말렸다.

조용히 그녀의 팔을 잡고 고개를 저었다.

"지금은 그냥 물러서시지요."

"…물러서면요? 물러서면 주 선배는 어떻게 되는 거죠?"

물러서면 절강군의 조력은 기대할 수 없다.

"물러서지 않는다 하여도 변하는 건 없습니다. 오히려 혼란
만 가중될 뿐이죠."

물러서지 않는다 한들 주군균이 있는 이상 절강군은 주찬을
구하는 데 아무런 도움도 되지 않을 것이다.

오히려 그들의 총책임자인 주군균을 향한 공격적인 언사를
두고 뒷말이 나올 가능성이 높았다.

비단 절강군만이 아니다. 절강의 무림인들 또한 마찬가지
다. 그들 또한 내심 절강군의 결정에 안도하고 있는 분위기다.
아무리 같은 무림인라고 해도 천권호무대와 절강 무림은 그
소속도 연도 달랐다.

주찬을 위해 위험한 자리로 내달리는 것은 원하지 않는다.

그렇기에 말렸다.

아무리 소리를 높인다 한들 달라지는 것은 아무것도 없으니
까.

유서린도 그것을 알고 있을 것이다.

그녀는 무지한 여인이 아니었다.

"……"

유서린이 송현을 가만히 바라보았다. 송현은 그녀의 눈을

피하지 않았다.

한참이 지나서 입을 연 것은 유서린이었다.

"제가 실수했네요."

그녀는 스스로 실수했다고 말했다.

"이렇게 매몰찬 분인지 알았다면 처음부터 송 악사님을 연모하지는 않았을 텐데요."

*　　　*　　　*

달이 떴다.

달빛은 적아를 가리지 않는다. 옳고 그름도 가리지 않았다.

왜군의 진지에도, 회군을 준비하는 절강군의 진지에도 달빛은 공평하게 내려앉았다.

그리고 그 달빛은 절강군 진지를 벗어난 작은 언덕에도 내려앉아 있다.

유서린은 그곳에 있었다.

'내가 무슨 말을!'

송현에게 했던 말이 내내 마음에 걸린다.

송현은 따뜻하다.

처음 만났을 때에도, 고집을 부릴 때에도, 스스로 모든 짐을 짊어지고 무림맹으로 향할 때에도 송현은 따뜻했다.

송현의 모든 행동에는 그 따스함이 담겨 있었다.

그래서 그는 답답해 보인다. 그래서 그는 무림이란 냉혹한 세계에 동떨어진 존재였다.

그래서 연심을 가지게 되었을 것이다.

처음에는 그것이 연심인지 알지 못했다. 그런데 소연공주와 함께 있는 그를 보고서 투심(妬心)이라는 감정이 생겼다. 출행에 앞서 주찬과 함께 기루에 다녀왔음을 알고 생긴 마음 또한 투심이었다. 그 마음이 연심이란 것을 알게 된 것은 노파를 만난 이후였다.

유서린 스스로 자신의 감정을 확실히 확인한 것은 폭발하는 선체 위에서 홀로 사그라져 가는 송현의 모습을 통해서였다.

송현이 가진 따스함 속엔 사람이 있었다.

무림이란 세상에 홀로 뛰어든 것도 사람 때문이었고, 무림이란 세상 속에서 홀로 괴로워한 것도 사람 때문이었다. 폭발하는 선박 속에 홀로 남은 것 또한 사람을 위해서였다.

그래서 그의 사람이 되고 싶었다.

그의 사람 중에서도 가장 특별한 여인이고 싶었다.

하지만 오늘 회의장에서 보인 송현의 모습에선 그 따스함을 찾을 수 없었다. 유서린이 오늘 송현의 모습을 통해 느낀 것은 단지 무거운 무게감뿐이었다.

송현과 가장 많은 대화를 나누었던 주찬의 안위가 걸린 문제였는데 말이다.

그런 송현의 모습은…….

'닮았어.'

명령을 모든 것에 가장 우선으로 두는 진우군.

대의를 위해서라면 혈육마지도 버릴 수 있는 주군균.

그리고······.

'맹주······.'

피를 이은 사이임에도 여전히 낯설기만 한 그 사람의 이름을 불렀다.

닮았다.

세 사람 모두.

아니, 송현까지 네 사람 모두.

그들은 매사에 사람이 아닌 다른 무언가를 최우선으로 놓는 이들이다.

슬펐다.

'언제부터 이렇게 되었을까?

주군균은 모른다. 맹주도 모른다. 하지만 진우군과 송현은 달랐다.

오래전 진우군은 지금과 같지 않았다.

명령에 목숨을 거는 이였지만, 동시에 그는 사람을 챙길 줄 아는 사람이었다.

하지만 지금은 아니다.

송현도 마찬가지다.

불과 얼마 전까지만 해도 송현은 사람을 가장 먼저 생각했다. 하지만 오늘 회의장의 송현은 이전의 그와 달랐다.

변해 버린 그들의 모습이 유서린의 마음을 아프게 했다.

휘잉.

밤바람이 분다.

'추워.'

유서린은 몸을 떨었다.

오늘따라 유독 불어오는 바람에 한기가 가득했다. 어쩌면
마음이 외로워서인지도 모른다.

그때였다.

텁.

움츠린 유서린의 어깨를 잡아주는 손이 있었다.

거칠고 단단한 손에선 따스한 온기가 전해졌다.

"오늘따라 바람이 차네요."

고개를 돌린 그곳에 송현이 웃고 있다.

회의장을 뛰쳐나간 유서린이 혼자 밤바람을 맞을 때,

송현은 언덕 아래에서 그녀의 모습을 가만히 지켜보고 있었
다.

무림맹주 유건극을 통해 들었다.

그녀와 맹주의 사이가 어째서 이처럼 소원한지.

모든 일의 시작은 천권호무대의 첫 패배에서 시작되었다.

당시 무림맹은 백마신궁과 맞서고 있었다.

승기는 무림맹에 있었다.

그렇다고 백마신궁이 쉽게 무너질 수 있는 상황도 아니었
다.

공수의 지리한 대치.

그 속에서 계속되는 피해.

우세를 점하고 있는 쪽은 여전히 무림맹이었지만, 이 상황을 원치 않는 것 또한 무림맹이었다.

대치 상황에서 누적되는 피해에 무림맹은 언제고 연합이라는 약점을 드러낼 수밖에 없는 상황에 놓이게 될 것이 자명했기 때문이다.

상황을 바꿀 돌파구가 필요했다.

해답은 가까운 곳에 있었다.

무림맹주 유건극의 부인이자 유서린의 친모인 정중화(正中花) 모용미향(慕容微香)이 그 열쇠였다.

사마외도의 세력이 득세하기 전 정도무림의 한 축을 담당하던 모용세가의 후예이자 저 남쪽 바다 건너 신비 문파로 존재하는 남해검파(南海劍派)의 제자.

그것이 그녀의 신분이었다.

그녀를 통해 남해검파를 움직인다. 남해검파를 움직일 수만 있다면 백마신궁은 앞뒤로 적을 맞이해야 하는 형세가 된다.

지리하던 대치는 끝이 나고, 승기는 한쪽으로 확실히 기울게 될 것이다.

그것이 무림맹의 의도였다.

아니, 거짓말이다.

무림맹이 세상에 흘린 의도였다.

세상에 거짓 정보를 흘림으로써 웅크린 채 방어만 고집하는 백마신궁을 움직이게 하기 위함이었다.

천권호무대가 모용미향을 호위했다. 그것도 모자라 유서린 까지 동행했다. 세간에 알려지기로는 유서린을 협약을 위한 볼모로 보내는 것이라 했다.

불패의 무사대의 호위와 함께 남해로 길을 잡은 마차. 그 안에는 어린 유서린과 그녀의 어미인 정중화가 함께했다.

소문의 진위와 상관없이 백마신궁은 움직일 수밖에 없었다.

만에 하나 정중화가 남해검파를 움직이게 된다면 백마신궁에 남은 것은 멸궁(滅宮)밖에 없으니까.

백마신궁의 정예와 천권호무대의 싸움.

싸움은 반나절 동안 계속되었다.

모용미향의 계획이었다.

그녀는 천권호무대를 믿었고, 무림맹을 믿었으며, 그의 지아비인 무림맹주 유건극을 믿었다.

그렇기에 그녀는 자신의 딸과 함께 미끼가 될 수가 있었다.

하지만 그 시간,

무림맹은 주력이 빠진 백마신궁을 공략하고 있었다.

맹주 유건극의 주먹은 백마신궁의 궁주 지중혁의 목을 으스러뜨리고 있었다.

유건극은 가족의 안위를 지키기보단 눈앞의 확실한 승리를 택한 것이다.

이후 약속한 구원대가 온 것은 모든 상황이 끝난 뒤였다.

백여 명에 달하던 천권호무대 중 생환한 이는 단 셋.

대주 진우군, 부대주 위전보, 척후대원 주찬.

그 외에 소구, 유서린.

호위의 중심이던 모용미향은 마지막까지 유서린을 지키다 숨이 멎었다.

천권호무대의 처참한 단 한 번의 패배였다.

그리고 유서린이 유건극을 외면하기 시작한 발단이었다.

그녀는 자신과 어머니가 버림받았다고 믿었다.

그리고 그녀는 버림받았다.

"……."

가만히 그녀를 지켜보는 송현은 아무런 말도 하지 않았다.

사실상 주군균은 오늘 주찬을 구출하길 포기했음을 알렸다.

그 모습이 자신의 과거와 닮아 있었으리라.

그래서 그녀답지 않게 흥분하고 감정적으로 행동했으리라.

그 마음을 모르지 않는다.

밤바람에 움츠러드는 유서린의 어깨가 오늘따라 유독 안쓰럽게 다가왔다.

송현은 그녀에게 다가갔다.

미소를 지었다.

"오늘따라 바람이 차네요."

유서린이 고개를 돌려 송현을 바라보았다.

송현이 다가오는 기척을 느끼지 못한 것인지 유서린의 눈동자가 잠시 커졌다가 작아졌다.

"여긴 무슨 일이시죠?"

한동안 적극적으로 송현에게 다가서던 그녀라고 믿기 어려울 만큼 냉랭한 목소리다.

송현은 그럼에도 웃음을 잃지 않았다.

"준비해야 하니까요."

"준비라니, 무슨 준비를 한다는 거죠? 회군을 준비하시겠다는 건가요?"

날 선 유서린의 물음.

송현은 그녀의 물음에도 대답을 잠시 미루었다.

그리고 먼 곳을 바라본다.

저 멀리 횃불을 밝힌 왜군의 진형이 보인다.

"지휘첨사께선 회군을 결정하셨습니다."

"……."

유서린은 말이 없었다.

이미 그녀도 알고 있는 내용이다.

송현은 굴하지 않고 말했다.

"그러니 저희도 가야지요."

그리고 손가락을 들어 가리킨다.

그 손가락 끝에 왜군의 진형이 걸려 있다.

"주 형이 기다리고 계실 테니까요."

송현은 웃었다.

*   *   *

날이 밝았다.

"그럼 안녕히 가십시오."

송현이 대표로 나서서 주군균에게 인사를 했다.

말에 올라탄 주군균은 송현을 가만히 응시하다 눈길을 돌렸다.

모두 항주로 돌아갈 준비를 마친 지금 천권호무대만 외로이 떨어져 있다.

말 한 번 나누어본 일 없는 위전보는 바위에 앉아 칼날을 고르고 있고, 진우군은 주군균에게 짧게 목례(目禮)를 하며 마지막 예의를 차리고 있다. 유서린은 말없이 검집에 손을 올린 채저 멀리 왜군의 망루를 응시하고 있고, 소구는 해맑게 웃으며 작별을 고하는 듯 손을 휘휘 젓고 있다.

주군균의 시선이 다시 송현에게로 향했다.

송현은 웃고 있었다.

긴장감은커녕 너무나 태평한 모습이다.

"진정 이곳에 남으실 것이오?"

"아니요. 이곳에 남아 있지 않을 겁니다. 저희도 움직여야지요."

송현이 고개를 저으며 대답했다.

그리고 시선을 돌려 왜군의 망루 위에 걸린 주찬을 응시했다.

"주 형이 복귀하는 대로 뒤따르겠습니다."

"그대들만으로 그것이 가능할 리가······."

"위험하겠지요?"

송현이 주군균의 말을 자르고 반문했다.

"그걸 말이라고 하시오! 무모한 일이외다! 차라리 본관과 함께 돌아간 뒤 다시 기회를 노리는 편이……."

"여섯 명뿐입니다. 대주님의 무위는 저로서도 감당하기 어려울 지경이지요. 부대주님도 늘 묵묵히 주어진 일을 하십니다. 소 형은 외공이 뛰어나시죠. 임무로 망가진 무구도 고쳐주시고 또 새로운 무구도 만들어주십니다. 유 소저는 우리의 유일한 홍일점이죠. 또한 보기보다 잔정이 많은 분이세요. 저는… 보시다시피 이상한 힘을 쓰는 악사지요."

느닷없는 이야기다.

함께 회군할 것을 제의하는 주군균의 말과는 전혀 상관없이 천권호무대 하나하나를 소개한다.

송현의 웃음이 짙어졌다.

"주 형은… 임무가 없을 때면 항상 주색잡기로 시간을 보내시는 분이죠. 그래도 유쾌한 분입니다. 아마 주 형이 없다면 저희 대원 중 누구도 먼저 입을 여는 사람은 없을 거예요."

헐렁헐렁한 성격이다.

무사라기보단 한량에 가깝다. 술과 여자에 빠져 산다. 그러면서도 유서린의 눈 흘김에는 움찔거리기 일쑤다. 입도 거칠고 불만도 많다.

그래도.

아니, 그래서…….

"반드시 필요한 사람이에요."

그래서 필요한 사람이다.

항상 조용하기만 한 천권호무대이기에 주찬은 반드시 필요한 사람이었다.

"위험해도 어쩌겠습니까. 필요한 사람이니 찾으러 가는 수밖에요."

"……."

웃는 송현의 말에 주군균은 입을 굳게 다물었다.

그의 눈빛이 복잡해졌다.

대군을 이끄는 아비는 자식을 포기했다. 그런데 고작 다섯이 전부인 천권호무대는 그를 버리지 않았다.

스스로 자신의 행동이 옳다고 굳게 믿으면서도 마음은 칡뿌리처럼 복잡하게 얽혔다.

"나는……."

"가세요. 그것이 지휘첨사께서 걸어온 길이지 않습니까. 주형이 그렇게 싫어하던 길이지만… 저는 그 길이 잘못되었다고 비난할 수 없네요."

주군균은 대군을 이끄는 사람이다.

그 대군을 구성하는 한 사람 한 사람은 누군가의 아버지이고 또 누군가의 소중한 자식이다. 그리고 그 대군의 뒤에는 이절강 땅에 터를 잡고 살아온 백성이 있다.

주군균은 자신의 사감(私感)을 버리고 그들을 지키려는 것뿐이다.

아비로서는 최악이다.

하지만 관리로서는 그는 존경받아 마땅할 인물이다.

그렇기에 송현은 처음부터 그를 비난하지 않았다.

"지휘첨사께선 큰 것을 지키시려는 것뿐이지요. 저희는 소중한 것을 지키려는 것뿐이고요."

지키려는 마음은 같다.

지키고자 하는 것이 다를 뿐이다.

"그놈이… 좋은 사람들과 함께하는가 보오."

주군균의 목소리가 떨린다.

소중하기에 지킨다.

말은 쉽다.

그러나 그 소중한 것을 지키기 위해 왜군의 진형으로 달려들 수 있는 사람이 얼마나 될까.

그것도 고작 다섯으로.

군관의 길을 벗어나 무림이란 세계로 뛰어든 주찬이다.

못난 놈, 나약한 놈이라고 욕했던 아비이다.

그러나 아들놈은 마냥 못나고 나약하게만 살아온 것은 아닌 모양이다.

"못난 자식이오. 그보다 못난 아비요. 염치없이 부탁하오. 그러니……"

자신은 군을 물리고 있으면서도 천권호무대에게는 사지로 걸어가라고 한다.

염치가 없다.

그럼에도 그는 말을 멈춘 채 고개를 숙일 뿐 자신의 말을 물리지 않았다.

'이분 또한 아버지이기 때문이겠지.'

송현은 그런 주군균의 마음을 이해했다.

아비이기보다 군관이기를 택한 주군균이다.

그럼에도 말을 거두지 않은 것은 그 또한 아버지이기 때문이다.

염치없고 뻔뻔하다는 것을 알면서도 자식이 무사하길 바라는.

송현은 그 마음을 짐작하고 고개를 끄덕였다.

"곧 보실 수 있을 겁니다."

"…고맙소."

주군균이 작은 목소리로 답했다.

말에 올라탄 것은 주군균이건만 오히려 송현이 더욱 거대하게 보인다.

"그럼 이만."

주군균은 서둘러 말을 돌렸다.

주군균을 선두로 절강군과 절강의 무림인들이 항주를 향해 회군을 시작했다.

송현은 그런 그들이 더는 보이지 않을 때까지 조용히 뒷모습을 지켜보았다.

그렇게 두 집단의 거리가 서로 점으로 보일 때 즈음,

"잠깐."

선두에서 회군을 이끌던 주군균이 말을 멈춰 세웠다.

그리고 고개를 돌려 송현을 바라보았다.

송현은 아직도 이쪽을 바라보고 있었다.

여전히 웃는 낯이다.

"무슨 일이십니까?"

그의 휘하 장수가 주군균에게 다가와 물었다.

"이 환란이 끝나면……."

주군균은 대답하다 말고 말을 삼켰다. 그리고 고개를 저었다.

마음속의 뜻은 정했다.

하지만 지금 입 밖으로 꺼낼 말은 아니었다.

그저 못다 한 말을 속으로 삼킬 따름이다.

젊을 적에는 단 한 번도 생각하지 않았다.

젊은 나이에 군에 투신하여 일평생을 국가와 황제를 위해 바쳤다.

그의 삶, 그의 가족, 그의 신념까지도.

무정한 삶이었다.

그 무정함이 당연하다고 여기며 살아온 삶이다.

하지만 이제 나이가 들었나 보다.

그 당연함에 회의가 든다.

주군균의 시선은 멀리 점처럼 보이는 송현과 천권호무대에서 떨어질 줄을 몰랐다.

"갑옷이 무겁구나."

문득 한마디를 내뱉었다.

평생을 걸쳐온 갑옷이 새삼 너무나 무겁게 느껴졌다.

"갑주가 무거우시다니요? 부상 중이신지라 갑주는 약식으로……. 잠시만 기다리십시오. 곧 새로 가져오겠습니다."

휘하 장수는 그런 주군균의 말에 고개를 갸웃거리면서도 이내 새로운 갑주를 가지고 오겠다고 했다.

부상 중인 주군균이다.

오늘 주군균이 입은 갑주는 평소보다 훨씬 약식으로 준비된 것이다. 당연히 그 무게도 전보다 가볍다.

그러니 갑옷이 무겁다는 주군균의 말이 의아하게 다가올 만도 했다.

주군균은 고개를 저었다.

"아니다. 가지."

그리고 다시 잠시 멈추었던 회군을 계속했다.

말을 앞으로 몰면서도 주군균의 시선은 자꾸만 뒤를 향했다.

'이 무거운 갑주만 아니라면 나도…….'

절강군의 총책임자,

지휘첨사라는 직책만 아니었다면,

그도 주찬을 구하기 위해 사지로 내달렸을 것이다.

하지만 아직 갑옷은 그의 어깨를 무겁게 짓누르고 있었다.

허리에 찬 큰 칼은 큰 것을 지키는 칼이다.

그러나 정작 소중한 것을 지킬 수 없는 칼이기도 했다.

'전쟁이 끝나면 떠나야겠구나.'

장수가 갑주가 무겁다고 느끼고, 무인이 칼이 자신과 맞지 않음을 느낀다.

이제 갑주를 벗고 칼을 버릴 때가 된 것이다.

*　　　*　　　*

"…떠나야겠구나."

주군균의 목소리가 바람결을 타고 전해졌다.

송현은 고개를 갸웃거렸다.

이상했다.

분명 바람결에 주군균의 목소리가 들렸다.

그러나 그것이 귀로 들은 소리인지 마음으로 들은 소리인지 구분이 모호했다.

아니, 송현이 아는 주군균은 그런 말을 할 사람이 아니었다.

'착각한 것이겠지.'

괜한 마음에 착각한 것이라 여기며 몸을 돌렸다.

기다리고 있는 천권호무대의 모습이 송현의 눈에 선명히 들어왔다.

진우군은 말없이 왜군의 진형을 노려보고 있다.

낯빛이 심각했다.

'갈등하고 계실 테지.'

송현은 그를 보고 내심 고개를 끄덕였다.

진우군은 천권호무대의 대주다.

말 한마디로 천권호무대 전체의 운명이 결정되는 자리다.

더욱이 그는 모든 일에 명령을 최우선으로 두는 사람이 아니던가.

'지금의 결정이 의외라고 봐야 할지도.'

어떻게 보면 주군균과 매우 닮은 사람이 바로 진우군이었다.

그런 그가 회의가 끝난 자리에서 주찬을 찾으러 가겠다고 했을 때,

송현은 적지 않게 놀랐다.

"이해되지 않는 모양이군."

그렇게 송현이 진우군을 바라보고 있을 때, 불쑥 낮은 목소리가 끼어들었다.

송현이 고개를 돌렸다.

말 없는 진우군보다 더 말이 없던 위전보가 검을 손질하던 움직임을 멈추고 송현을 바라보고 있었다.

"나에게는 당연한 일이다. 주찬에게도 당연한 일이다. 소구도 이해할 수 있다. 하지만 너와 유서린 의외일 것이다."

낮은 목소리다.

집중하지 않으면 누구도 그 소리를 들을 수 없을 만큼 희미하기도 했다.

송현도 발달된 청력이 아니었다면 바람 소리에 묻혀 그가 무슨 말을 하고 있는지 알아차리지 못했을 것이다.

송현은 고개를 끄덕였다.

"예, 확실히 의외라고 생각하고 있습니다. 군사부에 이 사실을 보고한다면 분명 주 형을 포기하라는 명령이 내려왔을 테니까요."

군사부에서 내려질 명령은 뻔하다.

지금까지 군사부가 내린 명령들을 보면 알 수 있다.

송현도 짐작할 수 있는 것을 진우군이 짐작하지 못했을 리 없다.

비록 보고도 없었고 당연히 그에 대한 대답도 없었지만, 진우군의 결정은 분명 군사부의 결정과 상반된 것이다.

솔직한 대답이었다.

위전보가 옅게 웃음을 지었다.

"그렇지. 지금껏 너희가 보아온 대주는 그런 사람이니까."

송현은 고개를 갸웃거렸다.

"무슨 뜻인지 설명해 주시겠습니까?"

"그 말 그대로다. 또한 지금껏 너희가 본 대주의 모습이 전부가 아니란 이야기이기도 하다."

"그게 무슨……."

"움직일 모양이군."

송현이 질문을 더 하기도 전이다.

위전보가 그의 말을 가로막았다.

위전보의 말대로 왜군의 진형을 바라보던 진우군이 몸을 돌려 이쪽을 바라보고 있었다.

"가기 싫으면 빠져도 좋다."

진우군이 한 첫마디다.

그 또한 이 일의 위험함을 알고 있는 것이다.

알고 있기에 주군균이 의식을 차릴 때까지 기다린 것이다. 혹시나 그가 군을 움직여 줄까 하는 기대에.

하지만 그런 일은 결국 일어나지 않았다.

그리고 이제 순전히 천권호무대만으로 주찬을 구해내야 한다.

"……."

진우군의 말에 누구 하나 입을 여는 사람은 없었다.

그렇다고 걸음을 물리는 사람도 없었다.

그저 말없이 진우군을 바라볼 뿐이다.

그것으로 모두의 의지는 확실히 전해졌다.

"준비는?"

진우군이 다른 질문을 던졌다.

빠질 사람이 없으니 이제 본격적으로 뛰어들어야 할 차례다.

그전에 필요한 준비가 끝났는지를 확인하는 것이다.

철컹!

"우어―!"

그 물음에 소구가 대답했다.

관처럼 커다란 함을 어깨 위로 들어 올리고 있다.

그러나 진우군의 시선은 소구가 아닌 송현을 향해 있다.

소구의 말을 알아들을 수 있는 사람은 천권호무대 내에서 송현이 유일했다.

"끝났다는군요."

송현이 웃으며 대답했다.

"가지."

진우군이 몸을 돌렸다.

빠르지도 느리지도 않은 보통 속도의 걸음.

밝은 대낮에 사지나 다름없는 왜군의 진지를 향해 걸어가면서도 그의 걸음은 멈춤이 없었다.

그것은 다른 천권호무대원들 또한 마찬가지였다.

저벅저벅.

송현도 말없이 후미를 지켰다.

착실한 걸음으로 앞으로 나아갔다.

그리고 채워간다.

걸음 소리를, 바람 소리를.

온몸으로 전해지는 모든 소리를 채워놓았다.

아랫배는 묵직해지고 가슴은 뻐근해져 왔다.

하지만 지금은 계속해서 채워놓아야 할 때다.

이제 곧 채워놓은 모든 소리를 쏟아내야 한다.

3장
구출 작전

나가토는 목책 위에서 다가오는 천권호무대의 모습을 바라
보았다.

화포와 벽력진천뢰를 실은 배가 도착했다.

"약속이 끝났으니 이만 가봄세."

힘없는 촌로처럼 웃어 보이던 혈천패는 단호영과 함께 어디
로 갔는지 사라져 버렸다.

불과 오늘 아침의 일이다.

나가토는 웃었다.

"때가 좋다."

과정이 어떻든 지금 서 있는 곳이 어디든 상관없었다.

소기의 목적은 달성했다.

그리고 처음 그가 잡아놓은 전쟁의 끝도 곧 다가오고 있었다.

"문을 연다!"

트드드득, 쿵!

나가토의 명령에 진형의 굳게 닫혀 있던 문이 열렸다.

종전을 맞이할 준비는 끝났다.

*   *   *

타다다닷!

달리기 시작했다.

일은 예상과 다르게 진행되고 있었다.

첫 난관으로 꼽히던 목책의 두꺼운 문이 열려 있다. 걱정하던 화살도 날아오지 않았다. 열린 문 건너편엔 옹기종기 모여 단단한 방어진을 구축한 왜군의 병사들이 빽빽하게 들어차 있다.

"소구!"

"우어!"

진우군의 외침에 소구가 괴성을 내지르며 속도를 더했다.

팔에 찬 커다란 방패를 몽둥이처럼 휘둘렀다.

콰지지지직!

그 무지막지한 괴력에 빽빽하게 들어찬 왜구의 몸이 허공으로 떠올랐다.

"다음!"

이어지는 진우군의 외침.

"하압!"

"……."

이번엔 유서린과 위전보가 움직였다.

유서린은 소구의 등을 밟고 날아올라 유연한 움직임으로 공중제비를 돌아 병사들의 뒤를 점했다. 그리고 이내 시린 검광이 번쩍인다.

위전보의 움직임은 그보다 간결했다.

유서린과 같이 소구의 등을 밟고 뛰어오르긴 했으나 그 높이는 그리 높지 않았다.

콰직!

대신 그는 그대로 소구를 지나쳐 왜구의 어깨를 짓밟았다. 동시에 뽑아 든 검 한 자루로 왜구의 갑주 틈을 비집어 예리하게 목숨을 앗아갔다.

간결하지만 화려한 움직이다.

"합!"

뒤이어 진우군이 기합 소리를 냈다.

쿵!

강하게 땅을 찍는 진각과 함께 쏘아진 화살처럼 빠르게 앞으로 튕겨져 나간다. 그리고 미끄러지듯 소구의 겨드랑이 틈으로 빠져 앞으로 나아갔다.

번쩍!

도광이 번쩍인다.

순식간에 뽑아낸 그의 도격은 삽시간에 선두 열의 병사들을 반으로 베어 넘겼다.

미리 약속된 움직임이다.

소구가 진을 흔들고 틈을 만들면 그 틈을 이용해 유서린과 위전보가 파고들어 뒤 열에 혼란을 준다. 그리고 진우군은 소구가 만든 틈을 더욱 넓게 벌려낸다.

약속된 움직임이 현실에서 그대로 맞아떨어졌다.

이제 남은 건 송현이다.

"소 형!"

송현이 소리쳤다.

"우어!"

동시에 소구가 화답하며 등에 멘 거대한 나무 상자를 허공에 내던졌다.

펑!

소구의 등을 밟고 허공으로 솟아오른 송현이 나무 상자를 때리자 나무 상자는 마치 폭탄이라도 맞은 듯 터져 나갔다.

차르르르륵!

그리고 쏟아졌다.

은빛 빗줄기가 바닥으로 떨어져 내리고, 이내 핏방울이 아래에서 위로 튀어 올랐다.

관처럼 커다란 상자 속에 들어 있는 것은 검이었다.

미리 절강군의 협조를 얻어 구해낸 검을 챙겨두고 약속한 대로 쏘아낸 것이다.

그 결과 빽빽이 밀집되었던 왜군의 진이 갈기갈기 찢어졌다.

왜구의 숫자는 많다.

곧 갈가리 찢긴 진은 처음처럼 돌아올 것이다. 그러나 상관없었다.

지금 이 순간 구멍이 생긴 것으로도 충분했다.

'좋아!'

송현은 속으로 쾌재를 불렀다.

그리고 소리쳤다.

"지금입니다!"

"우어!"

송현의 외침에 소구가 화답하며 괴성을 내지른다. 그리고 더욱 흉포한 모습으로 왜군을 휩쓸고 나가기 시작했다.

그사이 남은 세 사람도 각각 사방으로 뻗어 나가기 시작했다.

무림인들이 가장 꺼리는 것이 진을 갖춘 군대의 병사다.

개인의 무공으로 쉬 틈을 만들기도 어렵거니와 틈을 만들었다고 해도 이내 채워져 버리기 때문이다.

당연히 운신도 자유롭지 못하다. 그리고 그렇게 되면 결국 무기를 휘두를 틈도 없이 육방에서 압박당하게 된다.

하지만 이미 군진에 틈이 생겨 버린 군대를 상대하는 것은 그보다 한결 수월하다.

무림인은 일반 병사보다 훨씬 운신 능력이 뛰어나다.

한번 운신할 수 있는 틈이 생기면 그다음부터는 많은 병사를 앞세워도 쉬 운신을 제약하기 어려워진다.

오히려 진만 더욱 흐트러질 뿐이다.

천권호무대 전원이 사방으로 흩어진 것도 그 때문이었다.

무리지어 움직이게 되면 그 힘은 강력할지 몰라도 운신엔 제약이 따를 수밖에 없다. 그러다 결국 발이 묶이고 또다시 거센 압박을 감수해야 한다.

그럴 바에는 차라리 각개 흩어져 적을 교란하는 편이 나았다.

"계획대로 움직이지!"

진우군이 소리쳤다.

계획대로 왜군을 상대로 치고 빠지는 방식을 고수하며 운신의 자유를 얻는다.

그러면서 망루 위에 걸린 주찬의 안전을 확보하는 것을 최우선으로 한다.

"네가 져야 할 짐이 많겠지."

송현은 처음 작전을 계획했을 때 진우군이 한 말을 기억하고 있다.

그 말 그대로다.

그리고 송현 스스로 한 말이기도 하다.

저마다 약속대로 움직이기 시작했으니 송현도 약속대로 움직여야 할 때였다.

화륵!

두 눈에 푸른 귀화가 타올랐다. 붉은 홍염이 뜨겁게 전신을 감쌌다.

다른 천권호무대처럼 운신이 날래지 못한 송현이다.

하지만 다수를 상대하는 데에는 송현이 가진 힘이 얼마나 유효한지 그간의 전투를 통해 익히 확인했다.

그렇다면 간단했다.

빨리 움직이지 않는다. 하지만 확실하게 적의 시선을 붙잡아둔다.

스확!

송현의 검이 왜구의 몸을 스쳤다.

붉은 화염이 탐욕스럽게 왜구의 몸에 옮겨 붙어 타오른다.

챙!

그러면서 한편으로는 바닥에 내리꽂힌 검을 두드렸다.

검명(劍鳴)은 소리다.

소리는 송현의 몸에 쌓였다.

화염은 더욱 뜨거워지고, 송현의 기운도 더욱 거세어졌다.

"캬하아아악!"

왜구들 틈에서 누군가 몸을 날렸다. 같은 동료의 몸을 밟고 뛰어오른 왜구는 온몸을 내던져 송현을 향해 장도를 날렸다.

챙!

검과 장도가 부딪쳤다.

장도에 실린 거력에 손아귀가 아릿했다.

움직임이 잠시 멈칫했다.

"캬아아악!"

"키야악!"

그 잠시의 틈을 놓치지 않고 왜군의 병사들이 몸을 날린다.

상하로 베어오는 두 개의 칼날.

송현의 검은 하나다.

하나를 막으면 다른 하나는 허용할 수밖에 없다.

"······!"

위기의 순간 송현의 눈빛이 돌변했다.

팅!

송현의 검은 베어오는 두 개의 장도가 아닌 바닥에 꽂힌 검을 때렸다.

지이이잉!

바닥에 꽂힌 검의 울림이 송현의 귓가를 파고들었다.

'터져라!'

펑!

송현의 기대에 화답이라도 하듯 마치 벽력진천뢰와 같이 검신이 터져 나갔다.

"크아아악!"

그 파편이 달려들던 두 병사는 물론 그 뒤의 병사들까지 뒤덮었다.

선두에서 달려든 두 병사는 비명도 지르지 못하고 횡사했다. 폭발 속에 부서져 비산(飛散)하는 파편 속에 시신마저 온전한 데가 없다.

뒤의 병사들은 그보다 나았다.

하지만 무차별적으로 틀어와 박히는 파편에는 감정(感情)이 없었다.

안구를 터뜨리고 숨통에 틀어박혔다.

'이렇게 사용될 줄은 몰랐는데.'

소구와 함께 쇠를 두드렸다.

쇠의 소리를 들었다.

쇠가 품은 소리 속에 벽력진천뢰가 가진 소리를 심었다.

어쩌면 가능할지도 모른다는 막연한 추측이 현실이 되었다.

"……"

귀청을 울리는 굉음.

순식간에 눈앞에 벌어진 처참한 광경.

목숨을 도외시하고 덤벼들던 병사들도 일순 주춤거리며 물러섰다.

바늘 하나 떨어지는 소리도 들리지 않는 완벽한 적막이 찾아왔다.

송현은 그들과 마주 섰다.

그러면서도 두 귀와 두 눈은 흩어진 천권호무대를 좇고 있었다.

사방으로 흩어졌던 천권호무대의 대원들이 조금씩 한곳으로 방향을 잡고 움직이기 시작했다.

주찬을 구하려 하는 것이다.

가장 위험할 때였다.

주찬이 있는 곳은 망루다.

목적지가 명확하고 그 목적지가 협소한 망루라면 병사들의 표적이 되기 쉽다.

'더 날뛰어야겠지.'

송현은 모든 이목을 자신에게 돌리고자 했다.

그러자면 더욱 압도적이어야 한다.

더욱 화려해야 하고 더욱 잔인해야 한다.

누군가의 목숨을 빼앗는 것은 싫다.

그것은 적이라도 마찬가지다.

하지만 그래서 소중한 이들을 지킬 수만 있다면…….

'망설이지 말아야겠지.'

기꺼이 천 명의 피를, 아니, 만 명의 피라도 손에 묻힐 것이다.

쿵!

송현의 발이 강하게 바닥을 찍었다.

흙먼지가 사방을 뒤덮었다.

쩡! 쩡! 쩡!

바닥에 깊이 박힌 검신이 기이한 소리를 토해냈다. 그리고 허공으로 치솟았다.

쿠—웅!

먼지 속에서 북소리 같은 발 구르는 소리가 다시 울려 퍼졌다.

쒜에에엑!

"커억!"

먼지구름을 뚫고 무언가 튀어나왔다.

송현이다.

송현의 발아래에는 은빛 장검이 반짝이고 있다.

송현의 무인검은 달리는 말 위에서 찔러낸 창처럼 강하게 왜군의 목을 꿰뚫고 지나갔다.

비행하는 검.

그 위에 올라선 송현.

그동안 송현이 갖지 못하던 속도를 갖췄다.

차랑! 차랑! 차랑!

그리고 춤추는 검.

일백 개의 검은 마치 보이지 않는 무희의 손끝에 걸린 것처럼 아름다운 춤사위를 만들어내었다.

송현이 검신 위에 올라탄 것을 제외한다면 어쩌면 그것은 일전에 청령단을 상대했을 때와 같은 모습이다.

그러나 달랐다.

팅!

검신을 타고 비행하듯 쏘아져 나가는 송현의 무인검이 허공에서 춤추는 검신을 건드렸다.

청아한 울림이 울렸다.

춤추는 검의 속도가 점점 더 빨라진다.

챙! 퉁! 탱!

그 뒤로도 송현은 허공에 떠오른 검들을 두드렸다.

소리가 제각각이다.

그 소리만큼이나 허공에 떠오른 일백(一百) 개 검의 움직임도 제각각이다.

어떤 것은 무거워지고 어떤 것은 사나워졌다. 어느 것은 거칠고 어느 것은 정갈하다. 종잡을 수 없을 만큼 변칙적인 것이 있는가 하면 지루하리만큼 단순한 것도 있다.

저마다 다른 움직임을 만들어내는 검들이 왜구의 병사들을 가르고 베고 찌른다. 또한 때로는 저들끼리 엉키고 부딪친다.

백 가지의 서로 다른 소리가 생겨났다.

그것이 하나로 합쳐진다.

송현은 그 중심에 있었다.

그것은 합주다.

송현은 그 모든 음을 주관하는 지휘자다.

이것이 일전에 청령단을 상대하던 것과 지금의 차이다.

그때는 그저 유서린의 가락과 상대의 가락을 훔쳤다면, 지금은 오롯이 송현이 만들어낸 백 개의 음을 하나로 조율하는 것이다.

백의 음, 백의 가락.

단 한 사람에 의해 만들어진 칼의 합주는 거대하리만큼 장
엄하게 번져갔다.

＊　　　＊　　　＊

　'대단해!'
　유서린은 속으로 감탄을 삼켰다.
　저 아래에서 펼쳐진 검무.
　일백의 검이 펼쳐내는 검무와 그 검무 속에서 만들어지는
소리의 합주는 장엄하기 그지없었다.
　유서린으로서는 생각도 할 수 없는 방법이다.
　'어쩌면 천외사천도······.'
　천외사천도 따라 할 수 없는 송현만의 능력이다.
　단신으로 그 많은 병사를 압도하고 있는 송현은 천외사천과
견주어도 전혀 손색이 없어 보인다.
　'아니, 아직은······.'
　하지만 유서린은 이내 고개를 저었다.
　송현의 능력은 신비하다.
　무림을 통틀어서도 그와 유사한 전례를 찾아보기 어려울 지
경이다.
　하지만 그 능력의 신비함이 순수한 무위가 될 수는 없다.
　상성이 좋다고 보아야 한다.
　음과 가락을 다루고 이를 바탕으로 자유자재로 수많은 검을

움직일 수 있는 송현이다.

그리고 그 상대가 왜구의 병사들이다.

아무리 단련된 병사들이라고 해도 일평생을 무공에 바치는 무림인과 같다고 볼 수는 없다.

저 자리에 천외사천 중 한 사람이 서 있었다면 어떻게 되었을까.

일백, 아니, 일천의 검을 자유롭게 조절할 수 있다고 한들 그것이 그들에게 통할까.

적어도 지금과 같은 상황은 연출하기 어려울 것이다.

하늘 밖에 존재하는 그들에게 있어 그들을 향해 날아오는 검의 숫자가 얼마인지는 그리 중요한 것이 아닐 테니까.

그래도 대단한 능력인 것은 확실했다.

"우어!"

유서린이 그렇게 송현의 신위를 바라보고 있을 때,

소구의 목소리가 들렸다.

유서린은 고개를 숙여 아래를 바라보았다.

달려드는 병사들을 내던져 버린 소구가 조급한 표정으로 손을 크게 휘젓는다.

"아!"

유서린은 그제야 자신의 위치를 되새겼다.

주찬이 있는 망루의 허리에 난 창이다.

조금만 더 올라가면 주찬이 걸린 장대에 도착할 수 있다.

약속된 움직임이다.

천권호무대 내에서 주찬을 제외하면 가장 뛰어난 신법을 가진 이가 유서린이다. 때문에 유서린이 주찬의 신병을 확보하는 일을 맡았다.

밑에는 진우군과 소구가 더는 병사들이 압박해 들어오지 못하도록 막고 있다.

위전보는 그리 멀지 않은 곳에서 독자적인 움직임을 보이며 병사들을 혼란시킨다.

당장은 위험하지 않다.

하지만 시간이 지나면 달라질 것임을 알고 있다.

"잠시만요!"

유서린은 아래에서 밀려드는 병사들을 막고 있는 진우군과 소구에게 소리치며 바삐 몸을 날렸다.

타닷!

두 번의 발돋움.

망루 정상까지 이어진 계단에는 병사들이 버티고 서 있다.

어찌하지 못할 상대는 아니지만 그들을 일일이 상대하기에는 시간이 부족했다.

그래서 그녀는 두 번의 발돋움으로 망루 허리에 난 창으로 몸을 내던졌다.

휘―잉!

바람 소리가 귓가를 스친다.

"핫!"

유서린은 그대로 허리를 뒤집어 몸의 중심을 바꾸었다. 그리고 창을 밟고 또다시 도약했다.

마치 평지를 달리듯 유서린은 망루의 벽을 타고 위로 내달렸다.

'앞으로 다섯 보(步)!'

망루 꼭대기의 주찬이 걸린 장대가 손에 닿을 듯 가까워졌다.

다섯 걸음만 가면 된다.

하지만 일은 그렇게 쉽게 이루어지지 않았다.

스확!

"음!"

나무로 세워진 목책이다.

나무 모양이 모두 일정할 수 없으니 군데군데 틈이 있을 수밖에 없다.

그 틈으로 칼날이 길게 튀어나왔다.

슈슈슉!

그것은 남은 다섯 보 앞도 마찬가지다.

망루 안의 계단이 아닌, 벽을 타고 오르는 유서린을 어찌할 방법이 없으니 기회를 노리다가 안에서 칼을 내찌르는 방법을 택한 것이다.

어쨌든 좋지 않았다.

갑자기 튀어나온 칼날에 발목이 베었다.

깊이 베이지는 않았지만 내달리던 탄력이 죽기에는 충분했다.

중력을 거슬러 수직으로 달려나가던 유서린의 속도가 줄어들기 시작했다.

그리고 어느 순간 멈췄다.

장대에 손이 닿기까지 정확히 세 걸음이 모자랄 즈음이다.

'안 돼!'

안타까운 마음에 손을 내뻗어 보지만, 내뻗은 손은 야속하게 허공만 훑고 지나갈 뿐이다.

다시 도약하고 싶지만, 발밑에서 찔러 들어오는 칼날에 그마저도 여의치 않다.

몸이 아래로 떨어져 내리기 시작했다.

그때였다.

차라라랑!

기이한 소리가 빠른 속도로 가까워졌다.

바람을 가르는 파공성이 섞인 소리다.

"아! 송 악사님!"

고개를 돌린 유서린의 얼굴이 밝아졌다.

눕혀진 검이 날아온다.

검은 마치 생명이 깃든 것처럼 유연한 궤적을 그리며 유서린을 향해 쏘아져 오고 있었다.

이런 일이 가능한 사람은 송현밖에 없다.

"빨리!"

그것을 확인이라도 시켜주듯 송현의 외침이 들려왔다.

끄덕!

유서린은 고개를 끄덕였다.

그리고 허공에서 몸을 비틀어 자세를 바꾸었다.

몸을 비틀고 공중제비를 돌았다. 그런 그녀의 발밑에 검신이 도달했다.

천근추(千斤錘)의 수법으로 몸의 무게를 더했다.

추락하던 속도가 더욱 빨라졌다.

뎅―!

그대로 눕혀진 검신 위에 몸이 내려앉았다. 천근추의 무게가 더해진 검신은 한껏 끌어당긴 활대처럼 크게 휘었다.

그 구부러짐이 정점에 달하는 순간,

핑!

부러질 듯 휘어진 검신이 다시 제 모습을 찾았다. 그와 동시에 유서린의 신형도 쏘아진 화살처럼 빠르게 하늘로 솟아올랐다.

서걱!

장대에 주찬을 포박한 포승줄을 베었다.

"됐어요!"

유서린이 크게 소리쳤다.

두 사람이 한데 엉켜 땅으로 추락한다.

의식도 차리지 못한 주찬이다. 아무리 유서린이라 한들 이대로 바닥에 부딪쳤다가는 몸이 성하길 바랄 수 없는 상황이다.

그러나 유서린은 그런 것은 신경 쓰지 않았다.

품 안을 뒤져 미리 준비해 온 소생단(蘇生丹)을 꺼내 주찬의 입안으로 밀어 넣었다.

무림맹에서 만든 소생단은 천권호무대에 보급되는 구명약(救命藥)으로 간단한 내상 치유는 물론 쇠한 기력과 정신을 보충해 주는 효용을 지니고 있다.

당장 주찬이 전력이 될 수는 없겠지만, 그래도 꺼져가는 생명의 끈을 붙잡게 하는 데에는 모자람이 없을 것이다.

그러는 사이 어느덧 유서린과 주찬의 신형이 바닥에 훌쩍 가까워져 있다.

"소구!"

"우어!"

진우군이 소리치며 손을 내밀자, 소구가 화답하며 그 손을 맞잡는다.

꿈틀!

쇠심줄을 엮어놓은 듯한 진우군의 팔이 꿈틀거린다.

동시에 소구의 거구가 하늘로 치솟았다.

소구는 그대로 하늘로 떠올라 떨어지는 유서린과 주찬을 품에 안았다.

출렁!

치솟아 오르는 힘과 떨어지는 힘이 맞물리며 소구의 거구가 출렁거렸다.

그래도 덕분에 낙하하는 힘이 상쇄됐다.

이제 땅으로 떨어져 내리기만 하면 된다.

그때였다.

쿵!

무언가 날아와 소구가 떨어지려는 목책 바로 옆에 틀어박혔다.

투두두두둑!

웅장한 합주를 만들어내며 허공에서 춤사위를 벌이던 일백의 검이 땅 아래로 내리꽂혔다.

불안감이 찾아들었다.

유서린의 고개가 목책 쪽으로 급히 돌아갔다.

"송 악사님!"

목책에 날아가 박힌 이는 송현이었다.

                    *   *   *

중요한 고비는 넘겼다고 생각하고 있었다.

그 때문에 방심했는지도 모른다.

"위험해!"

위전보의 목소리를 들은 것이 전부다.

요동치는 광폭하고 빠른 위전보의 가락도 들었다.

덥석!

찰나의 순간,

송현은 자신의 팔을 붙잡는 위전보의 손을 느꼈다.

동시에 몸이 튕겨져 나갔다.

어찌나 강한 힘이었는지 그대로 튕겨져 나간 몸이 목책 벽을 뚫고 틀어박힐 정도였다.

"컥!"

꽉 막힌 신음이 절로 흘러나왔다.

몸 안에 쌓아두었던 얼마 남지 않은 기운이 그 소리에 섞여 밖으로 흘러나왔다.

왈칵!

검붉은 피가 목젖을 치고 입 밖으로 터져 나왔다.

그러면서도 급히 고개를 들어 앞을 바라보았다.

대체 무슨 이유로 위전보가 자신을 이렇게 튕겨냈는지 알고자 함이다.

"…나가토!"

그곳에 나가토가 있었다.

나가토와 위전보가 거리를 둔 채 대치하고 있다.

이미 한 번의 충돌이 있었는지 나가토 뒤편의 바닥에는 무언가 거칠게 할퀴고 지나간 것 같은 긴 선이 하나 나 있다.

그와 반대로 위전보의 뒤는 깨끗하다.

하지만 그런 위전보의 두 발 앞에는 족히 삼 장은 되어 보이는 긴 고랑이 파여 있다.

위전보의 두 발이 밀려나면서 만들어낸 흔적이다.

씨익!

"너도 재미있는 놈이다."

척! 척! 척! 척!

그의 말이 신호였을까.

지금까지와는 다른 소리가 주위를 뒤덮었다.

"…함정!"

목책 위, 그리고 송현과 천권호무대를 둘러싼 주위.

지금까지 칼을 휘두르던 이들은 어디로 갔는지 왜구의 병사들은 모두 하나같이 팽팽하게 당겨진 활시위를 천권호무대를 향해 겨누고 있었다.

그리고 저쪽 바닷가.

펑!

정박한 배에서 천지를 뒤흔드는 포성이 울려 퍼졌다.

포탄이 머리 위를 훌쩍 지나며 궤적을 그렸다.

그러나 웃을 수 없었다.

그것이 단지 위협사격일 뿐임을 알기 때문이다.

*　　　*　　　*

앞뒤 좌우는 물론 목책 위에서도 모두 화살을 겨누고 있다.

저 멀리 정박한 전선에서는 장전된 화포가 신호를 기다리고 있다.

"……."

천권호무대의 누구도 입을 열지 못했다.

함정이 있을 것이란 것을 알고 있었다. 생각보다 일이 쉽게 풀려가고 있음도 알고 있었다.

그러니 지금의 상황은 예상한 범주 안이다.

하지만 대안은 없다.

자칫 손가락 하나 잘못 까딱였다가는 쏟아지는 화살 비에 산미치광이(호저:豪猪)가 될 판이다. 아니, 자칫 화포에라도 적중되었다가는 시신조차 남기기 어려울 것이다.

"…위전보!"

어렵게 입을 열었다.

송현이 아니다. 진우군이다.

진우군의 표정은 더없이 심각했다.

"컥!"

그런 진우군의 심각한 표정이 결코 기우가 아님을 알려주기라도 하듯 위전보의 신형이 무너져 내렸다.

입으로는 피를 가득 쏟아냈다.

피싯!

그리고 그의 어깨로 붉은 핏줄기가 뿜어져 나왔다.

"괜찮… 습니다."

어렵게 자신은 괜찮다고 말한다.

그의 말처럼 베인 상처는 그리 깊지 않았다.

하지만 위전보는 쉬 굽혀진 무릎을 펴지 못했다.

그런 위전보를 나가타가 내려다보고 있다.

"광속검(光束劍). 나와 같다. 아니, 나와 다르다. 너는 광폭(光爆), 나는 광속(光束). 광폭은 거칠다. 불안정하다. 버티기에 네 몸은 너무나 나약하다."

서투른 한어로 이야기한다.

송현은 물론 다른 천권호무대원 중 누구도 그 정확한 말뜻을 알아듣지 못했다.

하지만 위전보는 달랐다.

얼굴이 일그러졌다.

"…닥쳐!"

성난 늑대처럼 낮은 으르렁거림이다.

"재밌었다."

위전보의 거친 말에도 나가토는 웃었다.

스릉.

그리고 도를 뽑았다.

느릿한 동작.

마치 위전보가 아무런 방어도 할 수 없다는 것을 알고 있다는 듯 여유로운 동작이다.

그렇게 뽑혀 나온 도가 위전보의 머리 위로 떨어졌다.

핑!

우뚝!

하지만 나가토의 도가 멈췄다.

자로 잰 듯 정확히 위전보의 정수리 반 치 앞에서 멈춘 도다.

"그만!"

뒤이어 목소리가 울렸다.

"송 악사님!"

"우어!"

유서린과 소구가 소리쳤다.

방금 전까지 피를 토하던 송현이 앞으로 나아가고 있었다.

드드득!

활시위가 모두 송현에게 집중된다.

한껏 끌어당긴 살대의 비명이 동시에 한 소리처럼 울려 퍼진다.

저벅저벅.

그러나 송현은 걸음을 멈추지 않았다.

망설임이 보이지 않았다.

'못 쏴.'

믿는 구석이 있었다.

일백의 검.

아니, 그보다 많은 검이 허공에 큰 원진(圓陣)을 그리며 돌고 있었다.

그 검극이 머무는 곳.

나가토의 코에서 바로 반 치 앞이다.

얼마 남지 않은 가락의 기운을 끌어올린 송현이 쏟아낸 힘이다.

적어도 나가토의 목숨이 인질로 걸려 있는 한,

쏘아지는 화살도, 포환도 없을 것이다.

송현은 말했다.

"모두 물리세요."

＊　　　＊　　　＊

피식!

"재밌다."

나가토는 정말 즐거운 듯 보였다.

그의 입가에 머문 웃음이 그랬고, 그의 표정이 그랬다.

지금 천권호무대를 포위하고 있던 왜구의 병사들이 물러서고 있었다.

아직 많은 궁병이 남아 천권호무대와 송현을 겨누고 있었지만, 그들은 감히 시위를 놓지 못했다.

겨누어진 활시위에 손가락 하나 움직이지 못하던 천권호무대원들은 서둘러 위전보를 수습했다.

부상자가 둘이나 된다.

검을 휘두를 수 있는 사람 둘이 사라진 것만을 의미하는 것이 아니다. 그만큼 나머지 사람들의 부담이 가중되었음을 의미했다.

그럼에도 천권호무대원들의 표정은 밝았다.

왜군을 지휘하는 이의 목숨을 볼모로 잡았으니 상황이 우위라 여긴 것이다.

스윽.

걸어온 송현이 위전보의 앞을 가렸다.

"…비켜."

다른 대원들의 부축을 받고 일어나면서도 위전보는 낮게 중얼거렸다.

"싫습니다."

송현의 대답은 어딘지 모르게 장난스러웠다.

"…네 상대가 아니야."

그런 송현의 등을 타고 전보다 한층 낮은 위전보의 목소리가 귓가로 파고든다.

송현은 그래도 웃었다.

"알고 있어요."

피식!

"재밌다."

그런 두 사람의 대화를 들었음인가.

나가토가 또다시 재밌다는 말을 연발했다.

갑주 속에 가려진 나가토의 두 눈에 호승심과 함께 호기심이 깃들었다.

그 시선이 향하는 곳은 송현이다.

송현은 그런 나가토의 시선을 피하지 않았다.

입가에 머물던 미소도 거짓말처럼 사라졌다.

"모두 피하세요."

"그게 무슨 말씀인가요? 지금 우리는……."

"어서요!"

유서린이 천권호무대를 대표해서 반문했지만, 송현은 그런 반문을 허락하지 않았다.

단호한 음성이다.

유서린이 왜 의문을 갖는지 송현도 안다.

나가토의 목숨을 볼모로 잡고 있다. 굳이 몸을 피하지 않더라도 지금은 천권호무대에게 훨씬 유리한 상황이다.

아니, 이 상황을 잘만 이용한다면 이번 절강에서의 전쟁도 끝을 낼 수 있다.

그럼에도 송현은 유서린의 물음을 일축했다.

"…가지. 곧… 돌아오마."

진우군의 목소리가 송현의 등 뒤에서 들렸다.

송현은 속으로 고소를 지었다.

'역시.'

진우군이라면 어쩌면 눈치챘으리라 짐작했다. 그리고 그 짐작은 틀리지 않았다.

송현은 고개를 저었다.

"그러지 마세요."

그러나 진우군도 고집을 꺾지 않았다.

"돌아오지."

보지 않아도 느껴진다.

천권호무대가 왜군의 진지를 빠져나가는 기척이.

'이것이면 됐어.'

송현의 입가에 미소가 머물렀다.

지금까지와는 전혀 다른 감정이 묻어 있는 미소다.

안도였다.

'될까?'

그러면서도 한편으로는 불안함이 깃든다.

진우군이 다시 돌아온다고 했다.

그는 돌아올 것이다. 천권호무대의 존폐마저 걸어야 하는 상황에서도 주찬을 구출하기로 결정한 진우군이다.

송현이 아는 진우군과는 분명 다른 모습이다.

하지만 그런 진우군이라면 분명 다시 돌아올 것이다.

무엇보다 당장 이 자리를 떠나지 않은 병사도 많았다.

그래서는 안 된다.

송현은 마음속에 의문을 담으면서도 크게 발을 굴렀다.

쿵!

송현의 족적이 바닥 깊이 새겨졌다.

4장

소리는 언제나 늦다

천권호무대가 왜구의 목책을 지나 언덕 너머로 자리를 옮겼을 때다.

쿵! 쿠쿠쿵! 쿵쿵!

저 멀리 땅이 치솟는다. 마치 마른 평지에 산이 새로 솟아나듯 치솟은 땅은 겹겹이 쌓여 또다시 위로 치솟아 올랐다.

왜군의 목책 앞에는 그보다 높이 솟은 대지가 토성처럼 둘려 있다.

입구가 없는 성벽이다.

다시 안으로 들어가려면 제법 시간을 소요할 수밖에 없는 구조다.

"쓸데없는 짓을 했군."

그 모습을 지켜보던 진우군이 짧게 한마디 했다.

"무슨 일이죠? 갑자기 솟아난 저 벽은 또 무엇이고요?"

유서린이 진우군을 보며 물었다.

불안한 그녀의 시선은 진우군과 솟아난 토성을 번갈아 살피고 있었다.

"저런 짓을 저지를 수 있는 사람이 달리 있나?"

"설마… 설마 송 악사님이?"

유서린은 믿기 어려웠다.

진우군의 말처럼 이 같은 일을 벌일 수 있는 사람은 송현밖에 없다.

적어도 지금의 상황에서는 그랬다.

"하지만 왜요? 왜죠? 분명 상황은… 상황은 이미 저희 쪽으로 기울었잖아요!"

유서린이 직접 똑똑히 본 일이다.

송현이 모두 장악했다. 그가 움직인 일백의 검신이 모두 나가토를 겨누고 있었다.

유서린이 본 그 어느 것에도 송현이 이렇게 토성을 높게 세울 이유는 없었다.

"정말 그렇게 생각하나?"

진우군이 물었다.

"…그게 무슨 뜻인가요?"

유서린도 그런 진우군의 물음에 진한 불길함을 느꼈다.

솜털이 곤두섰다.

"설마… 갑자기 물러서라 한 것도?"

불현듯 승기를 잡아놓고도 피하라 한 송현의 모습이 떠올랐다.

"지키기 위해서다. 피하라 한 것도, 성벽을 쌓아 올린 것도."

"그럼… 상황이 전혀 유리하지 않았다는 건가요?"

불안이 확신이 되었다.

겉으로 보이는 것과 달리 상황은 유리한 쪽으로 흘러가고 있는 것이 아니었던 모양이다.

그래서 토성을 높게 올렸으리라.

목책 안의 병사들이 그들을 추적할 수 없도록.

천권호무대가 다시 송현을 구하기 위해 목책에 돌입할 수 없도록.

"바보 같은 사람……."

"쓸데없는 짓이지."

두 사람은 서로 다른 의미의 같은 말을 낮게 중얼거렸다.

*　　　*　　　*

"허억! 허억! 허억!"

현기증이 일어났다.

거칠어진 호흡을 진정시키려 하지만, 그것이 마음처럼 되지 않았다.

금방이라도 주저앉아 토악질하고 싶다.

땅의 가락을 움직여 높게 성벽을 올리는 일은 송현이 생각한 것 이상의 정신력과 힘을 필요로 했다.

"너의 힘, 재미있다."

나가토는 그저 재미있다고 말했다.

송현이 무엇을 하던 전혀 신경 쓰지 않는 듯했다.

"하지만 쓸데없는 짓이다."

척!

나가토가 손을 들었다.

그러자 아직 남아 있던 병사들이 활시위를 거두고 물러서기 시작했다.

정박한 군함을 향해서다.

그리고 잠시 후 배가 떠난다.

왜구의 병사들로 가득 찼던 목책 안엔 송현과 나가토만이 남았다.

스, 스스슥!

그리고 그 순간,

나가토의 목을 노리고 있던 일백의 검이 부서져 내렸다.

하나같이 예리한 무언가로 잘려 나간 듯 부서진 면은 깔끔했다.

"역시 그렇군요."

송현은 두 눈을 감으며 조용히 중얼거렸다.

그의 목에 일백의 검을 겨누던 순간,

아니, 무릎 꿇은 위전보를 대신해 나가토의 앞에 선 순간 깨달았다.

소리의 잔향이 들렸다.

그 잔음은 송현의 기억에 없는 충돌에서 흘러나온 잔음이다.

송현이 보지 못한 모습.

위전보와 나가토의 충돌.

그 충돌음의 잔음이 한참이 지나서야 들려온 것이다.

"역시 신기한 능력이다. 알았다. 어떻게?"

서투른 한어.

하지만 그 의미는 충분히 전해졌다.

"소리를 들었습니다. 이미 지나고 남은 희미한 잔향 같은 소리였지요."

"그렇다. 빠름이 있으면 느림이 있는 법이다. 나는 빨랐다. 그러나 소리는 늦다."

그의 도격이 너무나 빨랐기에 오히려 소리는 늦게 들린다는 의미다.

상리에 맞지 않는 말이다.

"그렇군요."

하지만 송현은 의심하지 않았다.

이미 눈으로 보았고 귀로 들었다.

당장 눈앞에 보이지도 않던 그의 검격에 잘려 나간 일백 개의 검의 파편이 있지 않은가.

"이해가 빠르다. 좋다."

귀찮은 질문 없이 납득하는 송현이 마음에 들었다는 듯 나가토가 고개를 끄덕였다.

그러나 송현은 고개를 저었다.

"왜지요? 왜 남으셨습니까? 아니, 왜 병사들을 떠나보낸 것이죠? 그들과 함께라면 저를 제압하기 훨씬 쉬워졌을 텐데요. 아니, 처음부터 당신은 우리 천권호무대를 그냥 보내지 않으셔도 됐지 않습니까."

눈으로 좇을 수도 없는 도를 쓰는 나가토다.

송현이 우세해 보이던 상황이었지만, 기실 그때 이미 송현의 일백 개의 검은 그의 도격에 잘려져 나간 뒤였다.

그가 마음을 독하게 먹었다면 천권호무대가 무사히 빠져나가는 것을 허용하지 않았을 것이다.

도박에 성공하고도 그 도박이 어찌하여 성공했는지 이해할수가 없다.

"나는, 우리는 해적이 아니다. 병사다. 쇼군의 검이다. 하지만 무기가 필요했다. 화포, 벽력진천뢰. 나는 본영의 쇼군을 지킬 수 없다. 그러나 그것들은 쇼군을 지켜줄 수 있다. 그래서 해적이 됐다. 해적이 되어야만 그것들을 얻을 수 있다고 했다."

나가토는 가감 없이 사실을 이야기했다.

그가 흔한 해적이 아님을 밝혔고, 해적이 아님에도 해적이 될 수밖에 없는 이유를 말했다.

해적이 되어야만 화포와 벽력진천뢰를 얻을 수 있기 때문이라고 했다.

나가토는 고개를 돌렸다.

눈앞에 송현을 두고도 전혀 경계하는 모습은 찾아볼 수 없다.

나가토의 시선은 저 멀리 바다를 가르는 함대를 향해 있다.

"원하는 것을 얻었다. 그러나 나는 돌아가지 않는다."

처음부터 본토로 돌아갈 생각은 없었다.

단지 조총을 제압할 수 있는 신무기인 화포와 벽력진천뢰가 필요했을 뿐이다.

그리고 그것을 얻은 지금,

그의 생각은 변함이 없었다.

아니, 더욱 굳건해졌다.

"나는 과거다. 너의 그 신비한 능력도 과거다. 이 땅의 무림이란 존재도 모두 과거다. 새로운 시대로 나아가고 있는 본토에 내가 있을 자리는 없다."

이대로 돌아가면 그는 큰 공을 세운 무장이 된다.

어린 쇼군이지만 화포와 벽력진천뢰가 있다면 전란으로 혼란스러운 전국을 제패할 수 있을 것이다. 아니, 최소한 전란 속에 묻혀 사그라지지는 않을 것이다.

하지만 무사인 그는 그 전쟁에서 할 수 있는 것이 아무것도 없다.

오히려 공적만 남은 시대의 퇴물로, 부담스럽고 귀찮은 존재로 전락하고 말 것이다.

그럴 수는 없었다.

"나는 사무라이. 칼의 무사. 사무라이로 살았다. 사무라이로 살 것이다."

조총과 화포, 벽력진천뢰가 존재하는 세상.

일평생 칼 한 자루에 평생을 바치지 않은 병사도 무기 하나의 힘을 빌려 평생을 검도에 매진한 무사를 죽일 수 있는 세상.

나가토는 그런 세상에 퇴물로 사라지길 원치 않았다.

무인으로서, 사무라이로서 살아갈 것이다.

그래서 남았다.

그리고 송현을 선택했다.

이국의 땅에서 벌이는 무인과 무인의 싸움.

신비한 능력을 사용하는 송현이란 사람은 이 전쟁의 종식을 알리고 새로운 시대와 과거의 시대가 공존하는 이 땅에서 무인과 무인의 싸움을 알리는 상대로 정말 탐이 나는 존재였다.

"이 땅은 새로운 시대와 지나간 시대가 공존하는 땅. 이 땅에서 나는 사무라이로 살 것이다. 너는 그 시작이다. 먼 바다 건너편에서 온 과거를 알리는. 너를 시작으로 나는 무사행(武士行)을 계속할 것이다."

송현은 시작이다.

살려 보낸 다른 천권호무대와도 싸울 것이다. 그들 중에 나가토의 흥미를 끄는 존재가 있었다. 그리고 또 다른 강자를 찾아 나설 것이다. 절강의 고수들을 꺾을 것이고, 나아가 구주의 모든 고수를 꺾을 것이다.

언젠간 혈천패와도 생사를 겨눌 것이다. 다른 천외사천도 마찬가지다.

본토에서 나가토는 지나간 시대의 퇴물이었지만, 이 땅엔 그가 할 수 있는 일이 아주 많았다.

나가토는 기뻐하고 있었다.

그 기쁨과 기대의 감정이 그의 목소리에서 선명히 드러났다.

"다행이네요."

송현은 고개를 끄덕였다.

거칠어졌던 호흡도 어느덧 정상으로 돌아왔다.

들썩거리던 어깨도 잠잠해졌고, 허리도 곧게 펴졌다. 두 다리는 굳건하게 대지를 지탱하고 섰다.

송현은 웃었다.

"전쟁은 끝났네요."

나가토가 이끄는 왜군에 의해 입은 상처를 보았다.

죽어간 병사들, 부상당한 병사들.

그리고 그가 이끈 군대의 약탈에 의해 희생되었던 힘없는 양민.

이제 그들이 눈물을 흘릴 일은 없었다.

"그렇다. 하지만 너는 아니다. 너는 오늘 내게 죽는다."

나가토의 웃음이 짙어졌다.

이국의 땅에서 사무라이로서의 첫 상대를 송현으로 정했다.

생과 사를 나누는 싸움이다.

그러니 오늘 송현은 죽는다.

전쟁이 끝난 것은 다행일지 모르나, 그 다행함은 송현에게
까지 해당하는 것은 아니었다.

"아니요. 다행입니다."

그럼에도 송현은 다행이란 말을 고집했다.

"저는 오늘 죽을 수 없으니까요."

약속했다.

음의 끝을 보겠다고.

그 끝을 본 뒤 이초에게 끝을 알려주겠노라고.

그 약속이 있는 이상 송현은 죽을 수 없었다.

"좋다! 오라!"

나가토가 소리쳤다.

순순히 당해줄 수 없다는 송현의 말에 나가토는 오히려 흥
이 오른 듯했다.

송현은 고개를 끄덕였다.

"기꺼이!"

화륵!

불꽃이 타올랐다.

호흡을 고르던 틈에 모아놓은 음률을 빌려 광릉산의 분노의
감을 이끌었다.

먼저 달려든 쪽은 송현이었다.

　　　　*　　　　*　　　　*

　불꽃에 타오르는 송현의 몸이 일렁거렸다.

　스걱.

　뒤늦게야 희미하게 소리가 들린다.

　"큭!"

　송현은 침음을 삼켰다.

　나가토의 장도가 불을 갈랐다.

　스스로 화마에 휩싸이면 어떤 공격에도 상처받지 않는다. 지금까지는 그랬다.

　하지만 지금은 아니다.

　송현은 고개를 숙여 가슴을 바라보았다.

　붉은 불꽃 속에서 송현의 몸이 드러났다. 드러난 가슴에 긴 실선이 그어져 있다.

　조금만 깊었다면 목숨을 잃어도 하등 이상하지 않을 위치다.

　등 뒤로 식은땀이 흘러내렸다.

　'방법이 없어.'

　그러면서도 두 눈은 나가토에게서 떨어지지 않았다.

　나가토는 무릎을 굽힌 채 자세를 낮춘 모습이다. 허리에 매인 두 자루 장도 위에 손이 올라가 있지만, 그 장도는 아직 뽑히지 않은 그대로이다.

그저 발도를 위한 준비 자세를 취하고 있는 것뿐이다.

하지만 분명 베였다.

그 말은 나가토의 움직임이 눈으로 좇을 수 없을 만큼 빠르다는 이야기다.

눈으로 좇을 수 없는 빠르기로 도를 뽑아 송현을 베고 다시 도갑에 도를 집어넣었다.

광속.

나가토 스스로 언급하던 그 단어가 지금처럼 정확하게 들어맞는 경우도 찾아보기 어려울 것이다.

송현은 비척거리며 서둘러 물러섰다.

다행이라면 나가토는 그리 많이 움직이지 않는다는 점이다.

한껏 똬리를 틀고 움츠린 살모사처럼.

나가토는 항상 그 자리에 자세를 낮추고 서서 기회를 노리고 있었다.

그에게 빠른 발까지 더해졌다면 송현이 지금까지 버틸 수도 없었을 것이다.

"인(刃)은 의혼(意魂)이다. 너는 형체를 지웠다. 하지만 혼과 염을 지녔다. 존재함이다. 그렇기에 너를 베겠다는 나의 의지와 염은 너를 벤다."

나가토는 친절했다.

자신이 어찌하여 송현을 벨 수 있었는지 설명해 준다.

비록 서투른 한어에 군데군데 문맥이 어긋나 있었지만, 그 의미를 아는 데에는 큰 어려움이 없었다.

뛰어난 검사는 흘러내리는 폭포수를 벤다고 했다.

책에서 본 내용이다.

송현이 비록 실제로 그와 같이 폭포수를 베는 검사를 본 적은 없지만, 그것이 가능할지도 모르는 인물은 안다.

아니, 송현도 가능할지도 모른다.

무극진도(無極進刀).

진우군이 단 일도(刀)로 송현을 쓰러뜨린 도법.

송현이 단 일검(劍)으로 혼견왕을 베어버린 검법.

무엇이든 베어버리는 일격.

벨 수 없는 물을 베는 것과 같이 벨 수 없는 불을 베는 것이다.

문제는 속도다.

광속이라 표현해도 모자랄 정도의 빠른 나가토의 일도를 어찌할 방법이 없다.

가락을 읽을 수도 없다.

유건극과 같이 가락이 느껴지지 않는 것은 아니다.

다만 나가토가 만들어내는 가락은 한참이나 지난 과거의 가락이다. 단순하지만 간결한 그 가락은 앞을 유추할 수도 없게 한다.

베이지 않는 몸은 베이고,

읽을 수 있는 가락은 소용이 없다.

송현이 가진 강점은 아무런 쓸모가 없는 상대였다.

'상성이 좋지 않아.'

송현은 바보가 아니다.

갖은 방법을 다 동원했다. 부족한 속도의 차이를 메워보기 위해 검을 날리기도 했다. 검 위에 올라타 공격을 시도해 보기도 했다. 그의 가락을 흩뜨리려 대지의 가락을 뒤흔들기도 했고, 주위에 널브러진 검의 파편을 터뜨려 보기도 했다.

모두 소용없었다.

직접 부딪쳐 보고도 그것을 알지 못한다면 그건 정말 바보다.

이미 해볼 수 있는 모든 방법은 다 해보았다.

그러고도 계속해서 맞선다는 것은 바보나 할 짓이다.

하지만 송현은 바보가 아님에도 바보나 할 짓을 계속해야 했다.

'아니면 내가 죽으니까.'

그가 원하는 것은 송현의 목숨을 바탕으로 한 승리.

아무런 저항조차 하지 않으면 송현은 결국 아무것도 하지 않은 채 죽임을 당하는 것과 다를 바 없다.

그럴 수는 없다.

스윽!

송현이 낮게 자세를 낮추고 나가토의 주위를 돌았다.

눈은 날카롭게 나가토를 약점을 찾는다. 머리는 맹렬하게 회전한다.

'방법을 찾아내야만 해!'

방법을 찾아내야만 한다.

그 단순한 명제만이 살아남을 수 있는 유일한 방법이다.

'광속⋯⋯. 광속⋯⋯.'

속으로 같은 화두를 되뇌었다.

빛의 속도.

나가토의 검이 정말 빛의 속도만큼 빠른지는 알지 못한다. 아니, 빛의 속도가 실제로 어느 정도인지도 송현은 몰랐다.

다만 그만큼 빠르다는 것은 알고 있다.

그리고 본인은 그보다 한없이 느리다는 것도 알고 있다.

'힘?'

중으로 쾌를 제압한다.

무리를 이야기한 책에서 흔히 나오는 말이다.

하지만 그 중이 쾌를 따라잡을 수 없다면 모두 무용한 일이다.

최소한 나가토의 도 끝이라도 좇을 수 있는 속도가 있어야 한다.

'광속⋯⋯. 그럼 소리는? 소리는 속도가 없을까?'

순간 뇌리에 스치는 새로운 화두.

송현이 그 화두를 잡았을 때다.

"더는 없다. 지겹다."

나가토가 중얼거렸다.

타닷!

그리고 발을 굴렀다.

그는 빨랐다.

단 일 보를 내디뎠을 뿐인데도 그의 신영은 잔상을 남기고 쭉 늘어지는 듯 보였다.

그리고 어느새 지척이다.

'안 돼!'

송현의 표정이 일변했다.

아직이다.

아직 방법을 찾지 못했다. 그전에 나가토의 접근을 허용해서는 안 된다.

검을 휘저었다.

둥!

북소리가 났다.

허공이 출렁거렸다.

허공을 북처럼 내려친 것이다.

마치 호수에 인 파문처럼 일그러짐의 여파가 마치 장법의 고수가 펼친 장풍(掌風)처럼 나가토를 향해 쏘아져 갔다.

묵직한 일격이다.

나가토에게는 처음 선보이는 일격이기도 하다.

하지만 송현은 나가토의 대응을 확인하지 않았다.

몸을 비틀었다.

"큭!"

스확!

피가 튀었다.

이 또한 소리의 잔상임을 안다.

송현은 이를 악물며 서둘러 거리를 벌렸다.

허공을 벽처럼 생겨난 파문을 이용해 나가토의 도 끝을 흔들었다.

임기응변이기에 나가토도 예상치 못한 일이다.

그 덕에 위기를 모면했다.

성과도 있었다.

항상 도갑에 감추어져 있던 그의 장도가 이번에는 도갑에 들어가지 않은 채 훤히 드러나 있다.

하지만,

탁!

나가토의 신형이 또다시 움직였다.

긴 잔상을 남기며 거리를 좁혀오는 나가토의 삐죽 내민 어깨는 금방이라도 폭발하듯 도를 휘두를 듯했다.

'소리는 정말 속도가 없을까?'

송현은 그 와중에도 음속(音速)을 생각했다.

그리고,

콰앙!

돌연 송현의 몸에서 굉음이 튀어나왔다.

방법을 찾았다.

소리를 모았듯 소리의 끈을 잡아당겼다. 몸 안의 가락을 빠르게 잡아당기고 더디어지는 몸을 소리에 묶어 움직였다.

'보여!'

희미하지만 나가토의 도가 휘둘러지는 궤적이 보였다.

그 도가 휘둘러 지나간 이후의 가락의 잔상도 전보다 뚜렷하게 보인다.

송현은 나가토의 도가 향해 오는 방향을 향해 검을 내질렀다.

챙!

부딪쳤다.

싸움을 시작한 이래 첫 부딪침이다.

처음으로 베이지도 않았다.

"껵!"

하지만 정작 송현의 입에서는 지금까지의 어느 때보다도 고통스러운 신음이 흘러나왔다.

우득! 우득!

뒤늦게 온몸이 요동친다.

뼈가 비명을 내지르고, 근육은 산산이 찢겨 나가는 듯했다.

검을 들 힘도 없었다.

소리의 벽을 넘는 순간을 몸이 버티질 못했다.

비척거리며 주저앉으려는 몸을 억지로 바로 세웠다.

"쿨럭!"

이마에는 굵은 땀이 흘러내리고, 온몸은 터져 나갈 것만 같다. 장기가 상한 것인지 입에서는 피가 흘러나왔다.

씨익.

그런 송현을 보고 나가토가 웃음을 지었다.

"이번엔 제법이었다. 하지만."

'온다!'

본능적인 느낌.

쫘앙―!

송현은 필사적으로 망가진 몸을 소리의 벽 위에 올려 세웠다.

날아오는 도의 궤적이 보인다.

마치 날아가는 파리를 낚아채듯 가벼운 움직임이다.

송현은 검을 내뻗었다.

'막았어!'

궤적을 읽었다.

비록 잔상이지만 빠르게 움직이는 나가토의 간결한 가락도 읽었다.

송현의 검과 나가토의 도의 궤적이 교차했다.

분명 막았다.

아니, 막았다고 생각했다.

피슛!

착각이었다.

피가 튀었다.

막았다고 생각한 나가토의 검은 어느새 송현의 허벅지를 베고 지나간 뒤였다.

아주 미묘한 차이였다.

그 미묘한 차이로 나가토의 도는 송현을 베었고, 송현의 검은 나가토의 도를 막지 못한 채 허상을 베고 지나갔다.

"소리는 언제나 따라올 뿐이다. 소리는 늘 행동 뒤다."

나가토가 말했다.

맞는 말이다.

소리는 언제나 행위 뒤에 찾아오는 부산물일 뿐이다.

손뼉을 치기에 손뼉을 치는 소리가 나는 것이고, 검을 휘두르기에 바람을 가르는 소리가 나는 것뿐이다.

소리는 언제나 늦다.

하지만,

꽈—앙!

송현이 움직였다.

꽈—앙! 꽝! 꽝! 꽝!

연차적으로 가락을 빠르게 잡아당겼다. 그 가락 위에 송현의 몸을 올려놓는다.

송현의 몸이 움직이는 것인지, 그저 가락에 떠밀리는 것인지는 모른다.

그런 송현의 움직임에 허공이 동심원의 파문을 그리며 일그러진다.

송현은 나가토의 주위를 돌며 기회를 노렸다.

'지금 내가 할 수 있는 건 이것뿐이야.'

송현의 능력은 소리를 바탕으로 한 것이다.

그 한계는 송현 스스로도 잘 알고 있다.

소리는 언제나 늦다.

그러나 그렇다고 포기한 채 있을 수는 없다.

할 수 있는 한 최선을 다해야 한다.

"조급해하고 있다."

나가토는 그런 송현의 상태를 냉정하게 파악해 냈다.

송현은 조급해하고 있었다.

"이유를 안다. 소용없는 짓이다."

쿵! 쿵! 쿵!

송현이 쌓아올린 거대한 토벽 너머로 들려오는 소리.

토벽이 부서져 나가고 있었다.

위전보와 주찬을 안전한 곳으로 옮긴 천권호무대가 돌아왔다. 다시 안으로 들어오기 위해 토벽을 부수고 있다.

'안 돼! 그전에!'

자신을 구하기 위함이다.

그래서 조급하다. 그들이 토벽 안으로 들어온다고 한들 달라지는 것은 없다.

소구는 나가토의 속도를 좇을 수 없다. 유서린도 마찬가지다.

믿을 건 진우군뿐이다.

송현이 본 진우군의 무위는 나가토와 비등하다.

그렇지만,

'상성이 좋지 않아.'

무엇이든 가르는 도.

무극진도.

그것은 진우군이 가진 가장 강력한 일 초다.

송현도 아직 그런 진우군의 일도를 받아낼 수 있으리라 장담할 수 없을 정도이다.

그것은 나가토도 마찬가지다.

진우군의 일도가 정확히 들어맞으면 나가토는 죽는다.

그러나 나가토가 그 일도를 허락할 리가 없다.

나가토는 진우군이 도를 뽑기도 전에 그를 베어버릴 것이다.

무엇이든 베어버리는 일도와 무엇보다 빠른 일도의 대결이다.

애석하게도 송현은 나가토의 승기를 내다보았다.

그전에 끝내야 한다.

결과가 어느 쪽이든.

자신 때문에 천권호무대 전체를 위험에 빠뜨릴 수는 없었다.

'더 빨리! 더 빨리! 더더더!'

터져 나오는 허공의 굉음이 더욱 거대해졌다. 송현의 신형이 더욱 빨라졌다. 송현이 잡아당긴 가락의 흐름도 격류처럼 빠르게 흘러간다.

빨라지고, 빨라지고, 빨라졌다.

송현이 만들어낼 수 있는 가장 빠른 곳에 도달했다. 송현의 몸이 그 가락 위에 올라섰다.

어느덧 송현의 신형이 흐릿해졌다.

휘리리릭!

부서진 검의 파편 하나가 마치 보이지 않는 손에 이끌리듯 허공으로 날아올랐다.

탓!

흐릿해졌던 송현의 신형이 모습을 드러냈다.

검편 위에 올라섰다.

온몸을 움츠렸다.

두 발은 검편 위에 올라선 채 무릎을 한껏 굽혔다. 허리도 둥글게 말아 숙였다.

그리고,

꽝!

튕겨져 나갔다.

지금껏 일어난 파문 중 가장 큰 파문이 일어났다.

그 파문에 허공이 크게 출렁거렸다. 날아올랐던 검편은 형체도 남기지 못한 채 은빛 가루를 휘날리며 사라졌다.

쏘아진 송현의 몸은 나가토를 향해 그대로 직격했다.

마지막으로 내던진 승부수.

'미련한.'

나가토는 그런 송현을 미련하다고 여겼다.

자세를 낮춘다. 손은 어느새 허리에 찬 두 자루의 도 중 장도를 잡고 있다.

시간이 멈춘다.

아니, 느리게 흘러간다.

나가토의 의식은 어느덧 찰나(刹那)에 머물러 있었다.

가볍게 도를 휘둘렀다.

나가토의 도는 느리게 흘러가는 세상 속에서 유일하게 정상에 머물러 있었다.

그 도는 지척에 다가선 송현을 유려한 곡선을 그리며 베어 나가고 있었다.

타오르는 불꽃을 향해 날아드는 부나방 따위는 전혀 무섭지 않았다.

그런데 곧장 날아오던 송현의 몸이 비틀린다.

여유롭게 휘두른 도는 송현의 어깨를 살짝 스치고 지나쳤다.

피식!

'이것이었나?

무모하게 몸을 던진 부나방의 노림수에 웃음이 새어 나왔다.

찰칵!

나가토는 미련 없이 장도를 손에서 놓아버렸다.

그의 또 다른 손이 허리춤을 향해 움직였다.

그가 가진 도는 하나가 아니었다.

나가토는 허리에 찬 중도를 역수로 잡았다.

송현의 넓게 드러난 가슴이 눈에 들어온다.

그리고 휘둘렀다.

'끝이다!'

그는 확신했다.

푸확!

핏줄기가 솟아올랐다.

쿠당탕탕!

솟아오른 핏줄기는 바닥에 튕기며 한참을 굴러 지나쳤다.

왈칵!

송현은 핏물을 토했다.

"끄어어억!"

뒤늦게 몰려온 고통에 바닥을 기었다.

그러나 그마저도 얼마 가지 못하고 힘없이 축 늘어졌다.

온몸의 근육이란 근육은 모두 찢어지고, 뼈는 모두 제자리를 벗어난 것만 같았다.

그 지독한 고통은 비명을 내질러도 좀 채 사라지질 않았다.

사선으로 깊게 베인 가슴에서는 왈칵왈칵 핏물이 쏟아져 나온다.

송현은 돌아가지 않는 고개를 돌려 나가토를 바라보았다.

바닥을 쓸 듯 고개를 돌린 탓에 볼이 쓸렸다. 아릿한 고통이 느껴진다.

그럼에도 나가토를 향한 시선은 결코 떼지 않았다.

찰칵.

나가토는 휘둘렀던 중도를 도갑에 집어넣었다.

"무모했다. 얕은수에 손만 더 갔을 뿐이다."

나가토의 목소리는 평이했다.

마치 모든 것이 끝났다는 듯했다.

저벅저벅.

그는 걸음을 옮겨 자신이 내던진 장도를 주웠다.

그리고 송현을 향해 고개를 돌렸다.

"소리는 항상 늦다."

그렇기에 송현은 이길 수 없다.

무모하게 몸을 내던져도, 마지막 순간 몸을 비트는 얕은수를 써도 그 움직임은 항상 늦기에 언제나 나가토의 도를 피할수 없다.

"쿠, 쿨럭! 그, 그렇더군요."

송현은 크게 피를 토해낸 후 허탈하게 웃어버렸다.

"그래도 칭찬한다. 마지막 한 수는 의외였다."

투둑!

나가토의 두꺼운 갑주가 바닥에 떨어져 내렸다.

마지막 순간 송현의 검은 그의 갑주를 갈랐다. 하지만 그뿐이다. 그 검은 나가토의 가슴 거죽을 얇게 베었을 뿐이다.

"감사하다고 해야 하나요?"

이미 몸은 만신창이다.

나가토의 칭찬이 송현은 전혀 기쁘지 않았다.

"끝이다. 재미있었다."

나가토는 그런 송현의 마음 따위는 관심 없었다.

승부가 났다.

송현은 더는 움직일 수 없는 몸이고, 나가토의 몸은 멀쩡하다.

그러니 끝을 내야 한다.

나가토는 주워 든 장도를 들고 송현을 향해 다가갔다.

느긋한 걸음이다.

그의 손에 들린 장도로 송현의 마지막 숨골을 끊어놓을 작정이다.

그것이 그가 알고 있는 사무라이로서의 가장 큰 예우였다.

쿵!

휘청!

그때였다.

어디선가 북소리가 들렸다.

느긋하게 송현을 향해 걸어가던 나가토의 몸이 휘청거렸다.

"컥!"

나가토의 왼손이 가슴을 향한다.

부릅뜬 두 눈은 송현을 향해 있다.

"이건?"

전혀 예상하지 못한 일이기에 그의 놀람은 무엇보다 컸다.

"소리는… 언제나 늦는 법이니까요. 그리고 큰 소리는 언제나 작은 소리들을 품지요."

핏자국이 선명한 송현의 입가에 웃음이 번졌다.

"…맞다."

쿵! 쿵! 쿵!

연거푸 북소리가 울렸다.

북소리가 울려 퍼질 때마다 나가토는 마치 학질이라도 걸린 사람처럼 온몸을 들썩거렸다.

소리는 그의 몸 안에서 나는 것이다.

그리고 그 소리는 나가토의 몸이 무너져 가고 있는 소리이기도 했다.

털썩!

나가토의 신형이 쓰러졌다.

바닥에 얼굴을 붙인 나가토가 피식 웃음을 지었다.

"꼴이 우습게 되었다."

그의 입으로 가는 핏물이 흘러내리고 있다.

내부가 진탕되고 오장(五臟)이 터져 나가고 있었다.

의식이 찰나에 머물고, 휘두른 도가 광속에 버금간다 한들 그 또한 사람이다.

오장이 터져 나간 사람은 살 수 없다.

"…죄송합니다."

송현은 낮게 중얼거렸다.

"으윽!"

그리고 움직이지 않으려는 몸을 억지로 움직여 엎어졌던 몸을 돌렸다.

활짝 열린 가슴이 하늘로 향한다.

쩍 갈라진 가슴에서는 핏물이 흘러내린다.

"저는 어쩌다 이렇게 되었을까요……."

대답 없을 질문을 툭 하늘을 향해 내뱉었다.

음을 잡아당겼다.

연거푸 잡아당긴 음률의 선두에 몸을 놓았다. 그렇게 음률의 속도라 빠르게 치달아 절정으로 향하는 동안 송현은 그 음을 차곡차곡 모아두었다.

그리고 나가토를 향해 몸을 쏘았다.

그의 장도가 날아오는 궤적을 보기도 전에 몸을 비틀었다.

모험이었다.

그 모험이 성공했을 때,

또 다른 잔영을 보았다.

그 잔영이 송현의 가슴을 깊게 베고 지나갔다.

나가토의 허리춤에 메인 또 다른 도였다.

그리고 동시에 송현의 검은 나가토의 갑주를 베고 그의 가슴에 가는 혈선(血腺)을 긋고 지나갔다.

나가토도 모두 알고 있는 내용이다.

송현도 알고 있다.

그러나 나가토가 알지 못하는 것이 있었다.

송현의 검이 나가토의 가슴을 옅게 베고 지나갔을 때,

송현의 검 속엔 그동안 모아놓은 음이 담겨 있었다.

송현은 그 음을 나가토의 몸에 불어넣었다.

음은 느리다. 또한 대음(大音)에 소음(小音)이 묻힌다.

소리가 나가토의 몸 안으로 침투하는 것이 느렸기에 나가토는 알아차리지 못했다. 송현이 마지막 도약하던 순간 만들어낸 굉음이 나가토의 몸속으로 침투하는 소리를 지워주었다.

그래서 그는 대응하지도, 피하지도 못했다.

그 굉음이 안에서 터져 나오면 어떤 일이 벌어질지는 보지 않아도 알 수 있었다.

내기를 뒤흔든다.

오장이 터진다.

그때는 어떤 고수도 막을 수 없다.

"…괴물이 되어버린 것 같네요."

순간의 기지로 나가토를 쓰러뜨렸다.

그럼에도 송현의 입가에 걸린 미소는 씁쓸하기만 했다.

음악이 좋았다.

기억이란 것을 할 수 있게 되었을 때부터 음은 항상 송현의 곁에 있었다. 음은 송현을 지켜주었고, 송현을 이끌어주었다. 소중한 사람을 만나게 된 것도 음악이 있었기 때문이고, 소중한 추억을 담고 살 수 있던 것도 음악 때문이었다.

아니, 그냥 음악이란 것이 좋았다.

그 아름다운 선율, 가락. 그 속에 담긴 곡조와 감정들이 좋았다.

그래서 음의 길을 시작했고, 걸었다. 그 끝을 보려 했다.

하지만 지금,

"무얼 하고 있는 걸까요, 저는?"

악사의 길이 아니다.

울게 하고, 웃게 하고, 음악을 통해 사람의 마음을 움직이는 것이 악사가 할 일이다.

지금과 같이 음을 가지고 사람의 목숨을 취하는 것이 악사의 일은 아니다.

어느 순간부터 이렇게 되었다.

큰 고비를 넘기고 나서야 새삼 느끼는 것이기도 했다.

음악의 길을 걷고 있는데, 어느덧 전혀 다른 길을 걸어가고 있는 느낌이다.

쿵! 쿵! 쿵!

저 멀리 토벽이 부서지는 소리가 들린다.

점점 더 커지고 가까워진다.

천권호무대가,

동료들이 오고 있다.

"걱정할 텐데. 가야 하는데."

속이 바싹 타고 있을 동료들에게 괜찮다고 이야기해 주어야 하는데 몸이 움직이지 않는다.

자꾸만 잠이 온다.

한계를 넘어선 능력을 쏟아낸 탓에 이제 정신마저 혼미해지는 듯했다.

눈이 감겼다.

어두운 세계.

씨익.

'아버지!'

그 어둠 속에서 송현은 이초를 보고 있었다.

움찔!

그런데 그 모습이 이상하다.

송현의 얼굴이 점점 더 어두워졌다.

저 멀리 어딘가에서 애달픈 선율이 들려왔다.

소리는 언제나 느리다.

*　　　　*　　　　*

"으아아악!"

마지막 왜병의 비명이 끝났다.

혈천패는 길게 뽑혀 나온 왜구의 척추를 갑판 위에 내던졌다.

그의 오른손에 쥐어진 검은 또 다른 왜구의 미간을 관통해 목 뒤로 튀어져 나와 있다.

휙.

혈천패는 그것도 가벼운 손목의 까딱거림 하나로 치워 버렸다.

갑판 위는 이미 죽은 왜구의 시체로 그득했다.

천 명의 적을 한 번에 상대하는 일은 힘들다. 하지만 천 명을 열 번에 나누어 백 명씩 죽이는 일은 쉽다.

수십 척에 나누어 탄 왜구는 혈천패에게는 너무나 잡기 쉬운 먹잇감이었다.

이게 마지막 배다.

혈천패는 고개를 돌려 저 멀리 희미하게 보이는 해안가를 바라보았다.

"허허! 끝났나. 의외로군."

무엇을 본 것인지,

아니면 무엇을 들은 것인지,

혈천패는 알 수 없는 말을 했다.

그리고 바다 아래로 몸을 내던졌다.

툭.

거대한 전함 아래에는 작은 나룻배가 있었다.

혈천패가 함선에 접근하기 위해 타고 온 배다. 그 배 위에는
또 다른 사람이 존재하고 있었다.

휑하니 비어버린 팔을 부여잡고 앉아 있는 사내.

"기다리기 심심했을 게야."

"아닙니다."

단호영이었다.

단호영은 급히 고개를 저으며 혈천패를 맞이했다.

"한데 이렇게 되면 배에 실린 화포와 벽력진천뢰는 어떻게
옮기려 하십니까?"

단호영와 혈천패.

단 두 사람만으로는 전함 한 척도 움직일 수 없다.

하물며 화포와 벽력진천뢰를 회수하려면 수십 척의 전함을
움직여야 한다.

불가능한 일이다.

꽝!

그런 단호영의 말을 들으면서 혈천패는 바다 위로 장력을

쏟아냈다.

장력이 바다를 때리며 출렁이는 물결을 만들어냈다.

그 반작용으로 조각배는 앞으로 나아간다.

"음? 무어라 했는가?"

그리고 혈천패가 고개를 돌려 단호영을 바라보았다.

어느덧 그의 한 손에는 벽력진천뢰가 들려 있었다.

"화포와 벽력진천뢰는 어떻게 옮기실 건가 여쭈었습니다."

"아! 그것 말인가? 필요 없네."

치르르륵!

벽력진천뢰에 불이 붙었다.

혈천패는 불붙은 벽력진천뢰를 전함의 갑판 위로 던져 버렸
다.

"어차피 외세의 손에 들어가지만 않으면 그만이니까 말이
야."

퍼—엉!

전함에서 불길이 치솟았다.

그것을 시작으로 전함에 적재되어 있던 화포와 벽력진천뢰
가 연쇄적으로 폭발을 시작했다.

그 폭발이 어느덧 인접한 함선으로 옮겨 붙었다.

바다가 붉게 타올랐다.

단호영과 혈천패가 탄 조각배는 그 불길 속을 유유히 빠져
나간다.

'벽력진천뢰를 아무렇지 않게 버리다니!'

단호영은 속으로 놀람을 삼켰다.

화포는 욕심을 부릴 만한 물건이 아니다. 화포는 군부의 것이니 무림의 싸움에서는 전혀 쓸모없는 물건이다. 화포를 사용했다가는 대역 죄인이 되어 관의 표적이 될 뿐이다.

하지만 벽력진천뢰는 다르다.

애초에 무림의 것이었던 만큼 관에서도 벽력진천뢰가 쓰였다 하여 관심을 두지 않을 것이다. 그에 반해 그 위력은 절정 고수도 지워 버릴 만큼 강력하다.

만들 수 없어서 그렇지 쓸 수만 있다면 상당히 유용한 화기다.

그것을 아무런 미련 없이 버렸다.

혈천패가, 아니, 혈천패가 속한 단체에서 벽력진천뢰는 그리 귀하다 여겨지지 않음을 의미하는 것이나 다름없었다.

그 생각에 절로 입이 벌어진다.

"이제 어디로 가시는 건지요?"

단호영이 알고 있는 것은 그리 많지 않았다.

천외사천의 일인인 혈천패가 누군가의 밑에 존재한다는 사실과 그런 혈천패가 적을 둔 단체의 힘이 감히 상상하기도 힘들 만큼 거대하다는 것 정도이다.

어디로 가는지 물었지만, 사실 단호영은 혈천패를 움직이는 주인을 만날 수 있을까 기대하고 있었다.

"팔을 찾으러 가야 하지 않겠나."

"팔이라니요?"

"약속하지 않았나? 내 자네의 잘린 팔을 대신할 팔을 달아 줄 것이라고."

혈천패는 대수롭지 않은 듯 이야기했다.

분명 그런 이야기를 한 일이 있다. 하지만 단호영은 크게 기대하지 않았다. 그저 으레 하는 위로이겠거니 했을 뿐이다.

하지만 혈천패는 입바른 위로 따위를 하는 사람이 아니었다.

"광속을 가진 팔. 아마 그것이라면 자네도 불만은 없을 거야."

펑!

혈천패의 장력이 또다시 바다를 때렸다.

두 사람을 태운 조각배는 더욱더 빠른 속도로 뭍을 향해 나아갔다.

5장
너는 대체 어디에 있는 것이냐

樂武林
正

가슴을 꿰뚫은 검.

검신을 따라 시선을 옮겼다. 검 자루를 쥔 채로 내려다보고 있는 흉수의 모습이 희미하게 보인다.

확실히 죽을 때가 되었나 보다.

헛웃음이 나왔다.

"허헛! 이 박복한 녀석아! 어찌하다 이 꼬라지가 되었어!"

스스로를 타박한다.

꺼져가는 생명의 불꽃이 느껴진다.

이초는 흐릿한 눈빛으로 하늘을 올려다보았다.

"박복하구나, 박복해."

뒤돌아볼수록 살아온 삶은 너무나 박복하기만 했다.

어린 나이에 가족을 떠나 전장으로 내몰렸고, 자라면서 배운 것이라고는 사람을 죽이는 일뿐이다. 뒤늦게 사랑하는 사람을 얻었으나, 그 사람마저도 잃어야 했다. 그래서 악연을 피해 떠났다. 악사가 되어 음의 길을 걸었다. 그럼에도 운명은 그에게 평온을 허락하지 않았다. 사랑하는 이와 맺은 결실마저도 빼앗겨야 했다.

실의와 좌절 속에 보낸 세월.

스스로를 원망하며 괴롭히던 긴 시간이 지나서야 모든 것을 털어버릴 수 있었다. 다시 그의 곁에 사람이 생겼다.

하지만 지금 그는 죽어가고 있다.

정을 주고 잃은 피붙이만큼이나 아낀 아이는 먼 곳에 있다.

죽어가는 순간에도 그는 결국 혼자였다.

불교에서 말하는 신이든, 도교에서 말하는 신이든, 지금은 사라진 마교에서 말하는 신이든 신이 있다면 그 신이란 존재는 참으로 모질기 짝이 없는 존재였다.

그래도,

"그럼에도 감사하다 해야겠지."

끝까지 그를 혼자로 만들었지만, 동시에 혼자가 아니었다.

사랑하는 이를 알았고, 사랑하는 이와 만든 결실이 있다.

그리고 모든 것을 잃은 그를 찾아와 마음의 문을 열어준 송현이 있다.

비록 몸은 혼자였으나,

마음속에 그들이 있으니 마음만큼은 혼자가 아니다.

그들은 거칠고 척박한 이초의 삶 속에 잠시 마음의 평안을 찾아주는 쉼터와 같은 존재였다.

"클클! 음악이로구나! 음악이 달리 음악이겠는가. 고락이 있고, 강약이 있으며, 감정이 있으면 그것이 음악인 것을. 나는 참으로 멋진 음악 속에 살았구나."

이초는 웃었다.

죽어가는 몸이라고 믿을 수 없을 만큼 그의 입가에 머문 미소는 맑고 또한 밝았다.

까딱까딱.

손가락이 까딱거린다.

툭툭 바닥을 친다.

가락을 만들어내고, 강약을 만들어내고, 음률을 만들어냈다.

살아온 삶을 연주했다.

힘없이 두드리는 바닥에서 들리지 않을 연주가 들렸다.

이초의 귀에만 들리는 연주다.

그것이 서글프고 애달프지만 또한 따뜻하고 포근하다.

죽음의 순간 찾아온 악상은 너무나 마음에 들었다.

"잘 살았구나!"

그 음악을 듣고 나니 지금껏 살아온 그 모진 삶이 마냥 덧없게만 느껴지지 않았다.

모든 것을 털어냈다.

미움도, 원망도, 한스러움도.

다만 한 가지.

"이 좋은 곡조를 아들놈에게 들려주지 못하니 참으로 지랄 같아."

음의 길을 걷는 아이.

자신을 위해 길을 떠나고, 음악의 끝에서 본 것을 전해주겠다던 아이.

음악을 찾아온 그 아이에게 이 곡조를 들려주지 못한 것이 아쉬웠다.

그것이 못내 아쉬움으로 남아 죽어가는 이초의 마음을 괴롭혔다.

"슬퍼할 것인데, 상심할 것인데… 그 마음을 이제 어찌하누……."

뚝.

바닥을 두드리던 미약한 손가락 짓이 멈췄다.

눈이 감겼다.

억지로 버텨 세우고 있던 고개가 힘없이 모로 꺾여 떨어졌다.

심장이 멎었다.

"송현아! 이것아! 너는 어디에 있는 게야!"

바람결에 작은 중얼거림이 흩어졌다.

*   *   *

―…너는 어디에 있는 게야!

희미하게 들려오는 소리.

"아버지!"

송현은 발작하듯 눈을 떴다. 몸을 일으켰다. 사방을 둘러본다.

심장은 제멋대로 날뛰고, 온몸엔 식은땀이 흘러내리고 있다.

"꿈이었나……."

송현은 안도의 한숨을 내쉬었다.

꿈을 꾸었다.

이초가 나왔다. 가슴에 칼을 박은 채였다. 그리고 죽어가고 있었다.

마지막 순간의 그의 울림이 아직도 귓가에 선명하다.

악몽이라기에는 너무나 생생한 악몽이었다.

그러나 차라리 악몽이었을 뿐이길 바라는 꿈이었다.

"아이고, 젊음이 좋기는 좋소. 곧 죽을 모양새로 실려 들어오더니 이제는 좀 살 만한가 보오."

익숙한 목소리가 들렸다.

그제야 악몽에 매어 있던 정신이 들었다.

몸에는 온통 부목이 덧대어 있다. 그 위로 빡빡하게 붕대가 감겼다.

약방 특유의 진한 감초 향과 함께 익숙한 풍경이 눈에 들어왔다.

"여기는……."

"아직 정신이 다 든 건 아닌가 보구랴. 다친 사람이 올 곳이야 의방 아니면 어딜꼬."

"아! 의원님."

송현은 고개를 돌려 의원을 바라보았다.

유서린 덕분에 자주 안면을 튼 사이다. 노파는 송현을 보며 얼마 남지 않은 이를 드러내 보이며 웃었다.

"그만하길 다행이우. 내 처음엔 시체가 들어온 줄 알고 얼마나 놀랐는지 모른다오."

"하핫, 그랬습니까?"

송현은 어색하게 웃으며 머리를 긁적였다.

혼절하기 직전의 몸 상태는 송현도 어렴풋이 알고 있다.

누더기나 다름없는 몸이었다.

지금 이렇게 손을 들어 머리를 긁적이는 것도 상상하기 어려울 만큼 심각한 상태였다.

"관절이란 관절은 죄다 엇나가고 뼈마디란 마디는 죄다 부러졌더이다. 골이 그런데 근육이라고 멀쩡할까. 죄다 이리 찢어지고 저리 찢어지고. 내 그간 숱한 환자를 보아왔지만, 이런 환자는 젊은이가 처음이구려."

"아… 예."

송현은 고개를 숙였다.

정말 살아 있는 것이 기적이라 할 만했다. 노파의 말대로면 그땐 정말 사람의 몸이라 하기 어려웠을 테니까.

툭.

"음?"

그렇게 송현이 고개를 숙이고 있을 때,

무언가 툭 하고 건드리는 느낌이 들었다.

새하얀 손이 보인다. 가늘고 고운 손등 위에는 어울리지 않은 상처의 흔적들이 희미하게 남아 있다. 보들보들한 솜털이 돋아난 손.

어딘가 모르게 익숙했다.

송현은 그 손을 따라 천천히 시선을 움직였다.

"사람이 다 살자고 하는 일인데 어찌 몸이 그리 혹사시켰을 꼬. 그래도 회복력은 좋더이다. 기실 내가 할 수 있는 것은 그리 없더……"

중얼거리던 노파가 말을 멈추었다.

송현이 시선이 닿은 곳.

송현이 누운 자리 바로 옆.

눕지도 못한 채 앉아 고개만 꾸벅이며 잠이 든 유서린이 있다.

피식.

노파는 웃음을 지었다.

"그 처자가 젊은이를 업고 오더이다. 꼴에 어울리지 않게 눈물콧물 다 흘리고 사정하는 통에 내 정신이 다 없었지 뭐요."

겨우 숨만 붙은 송현을 살려내라 떼를 쓰던 유서린의 모습을 다시 떠올리니 절로 웃음이 나오는 모양이다.

젊은 여인이 사랑하는 연인을 살리기 위해 눈물범벅이 된 얼굴로 사정하는 모습은 그만큼 강렬한 인상을 전해주었다.

세월의 풍파 속에서 깎여 나가고 사그라졌던 순수한 열기가 거기에 있었다.

"어찌 안 피곤할꼬. 열흘 밤낮을 잠 한숨 안 자고 저리 지키고 있는 것을."

"아……!"

노파의 말에 송현은 짧게 감탄사를 흘렸다.

자신을 걱정했을 유서린의 마음이 고맙다.

송현의 손이 저도 모르게 유서린의 머리 위로 올라갔다.

스윽, 슥, 슥.

부드러운 손길로 그녀의 머릿결을 쓰다듬는다.

고마운 마음을 그 손길로 대신한다.

그때였다.

"으음……."

머릿결을 쓰다듬는 감촉에 유서린이 눈을 떴다.

옅은 미소를 짓고 있는 송현의 모습을 바라보는 유서린의 동공이 확대되었다.

그리고 얼굴이 일그러진다.

투둑.

투명한 눈물 한 방울이 그녀의 눈에서 툭 떨어졌다.

"송 악사님!"

와락!

그리고 송현의 품에 안겼다.

"윽!"

어�찌나 억세게 안기는지 송현의 입에서 얕은 신음이 흘러나왔다.

유서린은 송현의 가슴팍에 얼굴을 묻고 눈물을 흘렸다.

"저는… 저는 송 악사님이 잘못되시면 어쩌나 하고……. 흐아아아앙!"

아이 같은 울음.

쓰러진 송현을 곁에서 간호하며 유서린이 느꼈을 불안감이 봇물처럼 터져 나왔다.

"괜찮아요. 이렇게 멀쩡하잖아요."

토닥토닥.

송현은 그런 유서린의 등을 우는 아이 달래듯 다독여 주었다.

"쯧쯧쯧, 다 큰 처자가 어찌 저리 부끄러움이 없을꼬. 내 밖에 나가 젊은이가 깨어났다 알릴 터이니 편히 있으시구려."

애석하게도 방 안에는 송현과 유서린 단둘만 있는 것이 아니었다.

어린아이처럼 우는 유서린의 모습에 혀를 찬 노파는 스스로 자리를 피해주었다.

탁.

문이 닫혔다.

그런 노파의 핀잔에도 유서린은 좀처럼 송현의 품에서 벗어

날 기미가 없다.

그간 마음고생이 적지 않은 듯 내내 울음을 터뜨린다.

그러기를 한참.

"흠흠! 죄송해요. 너무 기뻐서……."

한참이 지나서야 유서린이 어색하게 송현의 품에서 벗어났다.

그의 품에 안긴 것이 처음은 아니었으나 그래도 부끄러운 모양이다.

"유 소저."

그때였다.

송현이 나직한 목소리로 유서린을 불렀다.

"예? 무슨 일이신가요? 어디 편찮으신 곳이라도?"

유서린이 화들짝 놀라 반문했다.

송현은 고개를 저었다.

"아닙니다. 몸은 괜찮아요. 그보다 부탁할 것이 있습니다."

"…부탁… 말인가요?"

다 죽어가던 송현이다.

방금 겨우 눈을 떴다. 그런 송현이 무슨 부탁할 것이 있단 말인가.

그럼에도 불안했다.

유서린을 보는 송현의 표정.

너무나 무겁고 침중했다.

불안감에 몸을 움츠리는 유서린.

그런 유서린을 향해 송현은 낮게 고개를 끄덕였다.

"집에 좀 다녀와야겠습니다."

송현의 시선이 손끝을 향했다.

다른 사람의 눈에는 보이지 않는 하얀 선이 보인다.

슬픔의 끈이다.

이초와 이어진 끈이다.

평소라면 악양을 향해 뻗어 있어야 할 선이다.

그런데 지금 그 끈은 하늘을 향해 올라가고 있었다.

*   *   *

전쟁이 끝이 났다.

왜구의 갑작스러운 회군.

그 이유에 대해서 여러 가지 의구심이 들었다. 그 의구심은 송현이 깨어나고 나서야 해소될 수 있었다.

하지만 그 해소된 의구심은 또 다른 의구심으로 남을 수밖에 없었다.

왜구가 절강을 어지럽히던 이유가 화포와 벽력진천뢰를 얻기 위해서라고 했다.

화포라면 이해할 수 있다.

하지만 벽력진천뢰라면 이야기가 달라진다. 벽력진천뢰는 군부의 물건이 아닌, 무림의 물건이다. 그렇다면 누군가 화포와 벽력진천뢰를 대가로 사주를 했다는 이야기가 된다.

왜구와 수적이 야합한 일이라 보고 있던 기존의 정황과는 전혀 다른 이야기다.

애초에 벽력진천뢰는 수적들이 어찌할 수 있는 물건이 아니었다. 그들에겐 벽력진천뢰를 만들어낼 능력도, 자금도 부족했다.

밝혀지지 않은 또 다른 세력이 존재한다는 말과도 일맥상통했다.

하지만 그건 이미 끝난 일이다.

적어도 천권호무대가 간섭하고 고민할 문제는 아니었다.

일의 수상함을 무림맹에 전했으니 이제 고민은 무림맹의 군사부와 관부가 할 일이었다.

"와아아아아!"

천권호무대가 절강을 떠나는 날,

항주 거리는 몰려든 인파가 내지르는 함성으로 가득했다.

이번 전쟁에서 천권호무대의 활약은 이미 절강은 물론 중원 전역으로 퍼져 있다.

하물며 그중에는 송현도 있지 않은가.

호국염왕 송현.

단신으로 수백의 왜적을 물러서게 만들었다. 송현으로 인해 목숨을 건진 병사가 수백은 될 것이다. 이 잔인하던 전쟁의 종지부를 찍은 인물도 송현이다.

절강에 터를 잡고 사는 백성들이 열광하는 것은 어쩌면 당연한 일이었다.

하지만 이 자리에는 절강의 백성만 있는 것이 아니었다.

소문을 듣고 중원 각지에서 몰려든 이들도 있었다. 그리고 그들 대부분이 무림이란 거친 세상 속에서 살아가는 무림인이다.

그 또한 당연했다.

이립(而立)도 한참 안 되는 나이의 송현이 선보인 무위는 중원무림에서도 손꼽히는 정도였다. 또한 그가 보인 능력은 지금의 무림 역사를 통틀어도 찾아볼 수 없는 것이었다.

하물며 천외사천의 일인(一人)인 혈천패를 상대로 절강무림인을 구하고 단신으로 그를 물러서게 만들었다.

벽력진천뢰의 폭발 속에서도 멀쩡히 살아 돌아왔다.

새로운 강자의 출현.

그것도 젊은 영웅이다.

유건극을 중심으로 한 무림맹이 사마 세력을 잠재운 이후 평화가 유지되던 무림에서 새로운 신인 영웅의 탄생은 새 시대의 탄생을 의미하기도 했다.

그렇기에 열광하는 것이다.

송현이란 존재의 탄생으로 정체되었던 무림에 새바람이 불어줄 것이라 기대하며.

하지만 그 환호는 어느새 웃음으로 바뀌었다.

"저게 뭐야! 하하하핫!"

"허허헛! 천하의 호국염왕께서 꼴이 말이 아니구만!"

거리를 지나는 천권호무대 때문이다.

아니, 정확히는 송현 때문이다.

절강에서 내보인 송현의 신위는 하나같이 믿기 어려울 만큼 대단한 것들이었다.

그러다 보니 송현에 대한 몇몇 소문이 돌았다.

'사실은 오랫동안 숨겨져 온 신비 문파의 후인이다', '이미 신선의 반열에 오른 존재다' 와 같이 과장되고 허무맹랑한 소문들이었다.

하지만 드러난 송현은 그런 비범한 소문의 내용과는 전혀 다른 모습이었다.

말을 타고 있었다.

문제는 그 말에 송현 혼자만 타고 있는 것이 아니라는 점이다.

말 위에는 유서린도 함께 있었다. 말을 몰고 있는 것도 유서린이다.

송현은 하얀 면포를 덧대어 감은 부목(副木)을 한 채 그런 유서린의 뒤에 안겨 있었다.

다 큰 남녀가 함께 말을 타는 것도 남세스러운 일이다.

하물며 여자가 말을 몰고 사내가 그 뒤에 짐짝처럼 얹혀 있는 꼴이니 어찌 우습지 않겠는가.

그런 군중의 웃음에 송현의 얼굴이 붉어졌다.

의식을 차리고 미약하지만 몸을 움직일 수는 있다. 지금도 몸은 빠르게 나아가고 있다. 단지 자유롭게 거동할 수 있을 정도가 아니라는 것이 문제였다.

그래서 다른 사람의 말을 얻어 타야 했다.

송현이 생각한 것은 소구나 주찬이었다.

그러나 그러한 생각은 유서린이 스스로 송현을 뒤에 태우겠다고 나서는 순간 산산이 부서졌다.

소구와 주찬은 무엇이 그리 재밌는지 선뜻 그러라고 했다. 진우군이나 위전보는 아무래도 좋다는 듯한 태도였다.

그 때문에 유서린의 뒷자리에 타게 되었다.

그리고 이렇게 비웃음을 받는다.

"죄송해요."

스스로 원한 것은 아니지만, 그래도 자신 때문에 받는 비웃음이다.

송현은 자신 때문에 함께 조롱거리가 되어야 하는 유서린에게 사과했다.

"신경 쓰지 마세요. 제가 원해서 자청한 일인걸요. 저는 아무렇지도 않아요."

유서린은 생긋 웃었다.

"그게 무슨……."

송현은 그런 유서린의 마음을 쉬 이해할 수 없었다.

두 사람을 보고 비웃는다. 자존심 강한 유서린은 참기 어려운 상황이다.

그런데 아무렇지도 않다고 한다.

"저는 오히려 좋은걸요?"

하물며 좋다고 한다.

송현이 짐작한 유서린의 반응과 달랐다.

그 이유는 곧 밝혀졌다.

"이제 사람들은 송 악사님을 떠올릴 때마다 그 곁에 제가 있다는 것도 함께 기억할 테니 말이죠."

"아······!"

송현은 쓴웃음을 지었다.

그녀는 차갑다. 하지만 뜨겁고 열정적이다. 또한 순수하다. 그 순수한 마음을 감춤 없이 내보인다.

스스로 좋아한다고 밝히기까지 하지 않았는가.

그러니 그녀의 마음을 모를 수가 없다.

'나는······.'

그러나 송현은 그런 그녀에게 어떠한 대답도 해줄 수가 없었다.

모질게 그녀의 마음을 거부하지도 않았고, 그렇다고 그녀의 마음을 받아주지도 않았다.

확신이 없었다.

그녀에 대한 마음을.

'비겁하지.'

스스로 생각하기에도 참으로 비겁한 모습이다.

하지만 아직은 겁이 난다.

그런 송현의 마음을 어떻게 알았을까.

"부담스러워하지 마세요. 제가 좋아서 이러는 것이니까요. 저는 그저 지금의 이 마음, 이 감정에 그저 충실할 뿐이니까요.

그러니 다른 것은 원하지 않아요. 송 악사님이 부담스러워할 이유는 없답니다."

그녀는 자신의 마음을 가감 없이 이야기했다.

송현은 옅게 웃음을 지었다.

그러나,

"그보다 선은… 어떻게 되었나요?"

유서린의 이어진 물음에 송현의 표정이 어두워졌다.

임무가 끝났으니 맹으로 복귀해야 함이 옳았다. 단호영의 배신까지 있었으니 한시라도 빨리 맹에 복귀해 다음 지령을 기다려야 할 상황이다.

그런 상황에 악양으로 향하고 있다.

선 때문이다.

이초와 연결된.

그 선이 하늘로 향하고 있는 탓에, 의식을 잃고 쓰러졌을 때 꾸었던 불길한 꿈 때문에 송현은 악양으로 가야겠다고 고집을 부렸다.

그 고집이 받아들여졌다.

고맙게도 유서린과 주찬, 소구가 송현의 고집을 지지해 주었던 덕이다.

그렇게 떠나는 길이다.

"…모르겠군요. 무슨 일이 있는 것인지……."

송현은 유서린의 물음에 고개를 저었다.

이초와 이어진 슬픔의 선이 하늘로 이어져 있었다. 하지만 그 선에서는 아무런 소리도 느낌도 전해지지 않는다.

불안한 마음만 앞선다.

송현은 애써 그 마음을 털어내며 웃었다.

"괜찮으실 겁니다. 강하신 분이에요. 그리고 기다려 주신다고 했으니까요. 제가 음의 끝에서 본 것을 이야기해 드릴 때까지."

약속했다.

그 약속을 믿고 무림맹으로 향했다.

무림이란 세상 속에서 광릉산의 비밀을 알아내려 애썼고, 숱한 위기 속에서도 살아남았다.

음의 길 끝을 보기 위해서다.

그 끝에서 보고 들은 것을 이초에게 전해주기 위해서였다.

"그러니 괜찮으실 거예요."

송현이 중얼거렸다.

그러나 그것은 유서린에게 하는 말이 아니었다.

불안한 자신을 향해 하는 말이었다.

*   *   *

말을 타고 이동하고, 이내 배에 올라섰다.

배는 빠르게 나아갔다.

악양에 도착하는 데에는 그리 오랜 시간이 필요하지 않았다.

그 오래되지 않은 시간 동안 엉망이었던 송현의 몸도 어느덧 정상으로 돌아왔다.

아니, 송현의 몸은 전보다 더 단단해졌다.

무림사에 찾아보기 어려운 기사였다.

그 경이적인 회복력이 그랬고, 전보다 더욱 발달된 몸이 그랬다.

주찬은 그런 송현을 보고 마치 환골탈태한 것 같다고 했다.

송현은 그저 웃었다.

하지만 그 이유를 알고 있다.

음률 때문이다.

몸 안에 품은 음률이 송현의 몸을 회복시켰다.

또한 진화했기 때문이다.

송현의 몸이 버틸 수 없을 만큼 빠른 속도를 경험했다. 그래서 몸이 부서지고 망가졌다. 반대로 그렇기에 회복되는 몸은 그 속도에 적응할 수 있도록 진화했다.

기연이라면 기연이다.

하지만 지금 송현의 마음은 그런 기연에 전혀 기뻐할 수 없었다.

불길한 예감은 악양에 도착하는 순간부터 더욱 강하게 엄습해 오고 있었다.

"진이다."

이초의 거처가 있는 산의 입구.

진우군이 한마디 했다.

"그렇군요."

송현은 심각한 얼굴로 고개를 끄덕였다.

산 전체에 진이 펼쳐져 있었다.

송현이 마지막으로 악양을 떠날 때만 해도 진은 이곳에 존재하지 않았었다.

악양에 도착해 만난 침목명의 위가헌의 말이 기억났다.

"아무리 노력해도 산을 오를 수 없었소이다. 걷다 보면 어느새 출발했던 곳으로 되돌아올 뿐이니 달리 방도가 없었지요."

어두운 위가헌의 말.

그 말이 이해가 되었다.

의원인 위가헌이야 진법을 마주할 경험이 없었을 테니 어쩔 수 없었을 것이다.

"간단한 미로(迷路) 진이오. 시간이야 조금 걸리겠지만 파훼 (破毁)하는 일은 그리 어렵지 않을 것이니 송 악사는 걱정하지 마시오. 내 금방 해체할 것이니."

진을 살핀 주찬이 말했다.

"아니, 그러지 않으셔도 됩니다."

송현은 고개를 저었다.

주찬이 이런 잡기에 능하다는 건 안다. 그 능력이야 송현보다 훨씬 앞선다.

하지만 진을 해체할 시간을 기다리는 것조차도 버거울 만큼 송현의 마음에는 여유가 남아 있지 않았다.

멀쩡한 산 입구에 진이 펼쳐졌다.

이미 무슨 일이 생겼다는 것을 의미하는 것과 하등 다를 바가 없다.

송현은 눈앞에 펼쳐진 진을 바라보았다.

겉보기에는 아무런 이상한 점을 찾아볼 수 없다. 떠나오기 전과 전혀 달라지지 않은 모습이다. 달라진 것이 있다면 계절 정도이다.

하지만 보인다.

아니, 들린다.

진을 구성하고 있는 선율.

간단했다.

무림에 대해 많은 것을 안다고 할 수 없는 송현이지만 진이 그리 복잡하지 않음은 충분히 느낄 수 있었다.

아마 진법에 조금만 조예가 있는 이라면 간단히 펼쳐낼 수 있을 것이다.

스릉.

송현은 무인검을 뽑았다.

쑥!

그리고 앞으로 내질렀다.

우—웅!

송현의 무인검이 울음을 만들어냈다.

진을 구성한 선율이 송현의 무인검으로 빨려들어 간다. 그리고 그 무인검을 통해 다시 송현의 몸 안으로 들어온다.

스스스슥!

들리지 않는 소리가 났다.

진이 사라졌다.

마치 처음부터 존재하지 않았다는 듯 흔적조차 남지 않았다.

"허헛! 송 악사 능력은 별 희한한……."

그런 송현의 능력에 주찬이 너스레를 떨었지만 그마저도 다 끝내지 못했다.

"송 악사님……."

유서린이 걱정되는 목소리로 송현을 불렀다.

송현의 표정이 어둡다.

아니, 무섭다.

그저 어둡고 무표정한 얼굴이었는데, 바라보는 것만으로도 모골이 송연해진다.

마치 거대한 태풍이 들이닥치기 전의 하늘처럼 고요한 전조와 닮아 있다.

"괜찮아요. 괜찮을 거예요."

송현이 중얼거렸다.

최근 들어 가장 많이 하는 말이다.

유서린이나 다른 동료들에게 하는 말이 아닌, 스스로를 안심시키기 위해 하는 말이다.

"정말… 괜찮을 거예요."

만약 괜찮지 않다면,

그의 의형이 죽은 것과 같은 일이 또다시 이초에게 벌어졌다면,

이 진을 펼친 이가 흥수와 연관되어 있다면,

그땐 송현도 자신이 어떻게 변할지 알 수 없었다.

"괜찮아야 해요. 반드시!"

그러니 괜찮아야 한다.

이초는 툭툭대는 말투로, 온기가 가득한 눈빛으로 송현을 맞이해야 한다.

그래야만 했다.

6장
이별(離別)과 작별(作別)

이초의 가슴에 박힌 검.

그 검이 뽑힌다.

"이런, 늦었군그래."

그 검을 뽑은 이가 송현을 보며 히죽 웃음을 지었다.

평범한 촌로의 모습.

하지만 그의 일신에 담긴 무력은 바닷가의 모래알처럼 많은 무림인 중에서도 정점에 닿아 있는 이였다.

"…혈천패 당신이 어떻게 여기를?"

놀란 유서린이 소리를 냈다.

"야, 이 개자식아!"

주찬은 그보다 몸이 먼저 나갔다.

"우어!"

그것은 소구도 마찬가지였다.

주찬과 소구가 몸을 날려 혈천패를 향해 뛰쳐나갔다.

"그만!"

진우군이 소리치며 그들을 말리려 했다.

"……."

그러나 항상 그의 곁을 지키던 위전보 또한 혈천패를 향해 몸을 날리는 것은 매한가지였다.

"허허! 이거 괜한 오해를 받고 있는 모양이야."

혈천패는 달려드는 세 무인을 보면서도 여유로운 웃음을 지었다.

그리고 손을 움직였다.

꽈—앙!

뒤이어 굉음이 터져 나왔다.

세 개의 그림자가 사방으로 튕겨져 나갔다.

"쿨럭쿨럭! 이런 염병!"

주찬이 피를 게워내며 욕설을 내뱉었다.

나머지도 사정은 마찬가지였다.

혈천패는 그 자리에 그대로 서 있는 반면, 그를 향해 뛰어든 네 명의 천권호무대는 각각 바닥을 뒹굴며 피를 토하고 있었다.

파리해진 면면이 그 충격이 가볍지 않은 듯했다.

"호오! 대단해! 내 숨을 끊어주려 했거늘 모두 멀쩡하구만.

미완의 광폭 때문인가?"

미완의 광폭.

"……."

혈천패의 시선은 위전보를 향하고 있었다.

그가 끼어들지 않았다면 소구와 주찬은 죽었을 것이다. 혈천패에게는 그만한 힘도 능력도 있었다. 하지만 위전보의 터져 나오는 일검이 그것을 가로막았다.

"손이 과하셨습니다."

진우군이 앞으로 나섰다.

혈천패의 눈에 이채가 들었다.

"과연 소문대로군. 자네는 조금 부담스럽겠어."

진우군을 상대하는 혈천패의 자세부터가 달랐다.

휘—잉!

바람이 불었다.

아니다. 두 사람이 내뿜는 기세가 바람처럼 휘몰아치고 있는 것뿐이다.

거대한 두 개의 기세가 팽팽하게 맞선다.

진우군의 손이 도를 향한다. 혈천패의 검극도 진우군을 향했다.

그때였다.

"그만, 그만하세요."

송현이 입을 열었다.

그 한마디에 거짓말처럼 모든 상황이 멈췄다.

"……"

침묵이 찾아왔다.

두 사람이 내뿜는 기세로 일어난 바람 소리가 사라졌다. 바람에 사각거리는 풀잎 소리도 사라졌고, 저 멀리 들려오던 산새의 지저귐도 사라졌다.

완벽한 적막.

"허, 허허허! 정말 신기한 재주야."

혈천패가 웃었다.

방금 전까지 기세를 끌어올리던 일이 마치 아무것도 아니라는 듯한 모습이다.

"……"

진우군은 송현을 한번 보고 말없이 물러섰다.

그는 스스로 이 이상 나설 자리가 아님을 알고 있는 듯했다.

물러서는 진우군과 달리 송현은 혈천패를 향해 나아갔다.

그런 송현의 발소리조차 들리지 않았다.

송현이 고개를 돌렸다.

낭자된 이초의 시신을 바라보는 송현의 눈동자는 무심했다.

이초는 눈을 감고 있었다.

상처에서 흐른 피는 이미 말라 있다.

송현의 고개가 다시 혈천패를 향했다.

"당신이 그랬습니까?"

무심한 눈빛만큼이나 송현의 목소리는 고저 없이 담담하기만 했다.

숲을 뒤덮은 침묵은 더욱 짙어졌다.

"글쎄? 어떻게 보이는가? 내가 그랬을 것 같나?"

혈천패는 그런 송현의 물음에 빙글 웃음을 지었다.

"…당신이 그랬습니까?"

명백한 도발임에도 송현의 목소리는 전과 달라진 것이 하나도 없었다.

그저 혈천패의 두 눈을 가만히 응시할 뿐이다.

'말려야 해!'

그런 송현의 모습을 지켜보던 유서린은 두려움을 느꼈다.

이런 송현의 모습을 또 한 번 본 적이 있다.

무림맹으로 향하던 갑판 위에서 쌍소노를 향해 질문을 던지던 송현.

그때의 송현이 지금과 같았다.

모든 소리를 삼켜 버리고 고요함 속에서 뜨거운 분노를 불태우고 있다.

유서린의 눈엔 송현이 금방이라도 광기에 휩싸일 것처럼만 보였다.

그래서 말리려 했다.

하지만 이내 놀라운 일이 벌어졌다.

"…아니네. 아니야. 내가 죽이지 않았네. 나는 그저 확인하러 왔을 뿐이야."

장난스러운 태도로 일관하던 혈천패의 표정이 변했다.

그의 목소리도 진중해졌다.

"…가십시오."

그의 대답에 송현은 미련 없이 고개를 돌렸다.

송현의 행동에 오히려 혈천패가 눈을 크게 떴다.

"내 말을 믿나? 거짓말이라면? 자네의 아비를 죽인 것이 나라면 어찌할 텐가? 자네의 광릉산보가 탐이 나서 말이야."

송현의 고개가 다시 돌아갔다.

"…그래도 가십시오. 아버지 앞에서 피를 보이긴 싫습니다."

광오한 말이었다.

천하의 혈천패가 새파랗게 어린 후기지수에게 이런 소리를 들을 것이라 누가 상상이나 했을까.

"허, 허허허! 자네가 오늘 나를 여러 번 웃게 하는군그래."

혈천패는 헛웃음을 터뜨렸다.

그리고 고개를 끄덕였다.

"좋아, 내 처신이 자유롭지 못해 자네를 사사로이 죽일 수 없음을 하늘에 감사하게나. 하나, 내 다시 찾아옴세. 그땐!"

말을 멈춘다.

송현을 바라보는 혈천패의 두 눈에 혈광이 어른거렸다.

"자네는 자네의 말에 책임을 져야 할 걸세."

거칠게 몸을 돌렸다.

눈앞에서 혈천패가 떠나간다.

그러나 누구도 떠나가는 혈천패를 잡으려 하지 않았다.

투둑.

송현을 노려보던 순간 뿜어낸 혈천패의 기세에 노출되었던 풀잎이 시꺼멓게 죽어 바스러졌다.

찰나의 순간,

그가 내뿜은 기세가 얼마나 사나운 것인지를 알려주는 대목이다.

하지만 송현은 그마저도 관심에 두지 않았다.

송현은 가만히 이초의 시신을 거두었다.

시일이 오래되었다.

부패는 이미 시작되고 있었다.

"도와… 주시겠습니까?"

송현은 도움을 구했다.

아버지의 마지막을 더럽히긴 싫었다.

*　　　　*　　　　*

"면목이 없네. 나 때문에 결국……."

침묵명의 위가헌이 죄인처럼 고개를 숙였다.

"아닙니다. 의원님께서 얼마나 아버지께 신경 쓰셨는지 알고 있습니다. 그러니 고개 숙이지 마시지요."

송현은 그런 위가헌을 위로했다.

"죄송해요. 더 자주 찾아뵈었어야 하는데 루의 일이 바쁘다는 핑계로……."

악양루주 장서희가 다른 악사들을 대표하여 고개를 숙인다.

"아니요. 죄송해하실 것 없습니다. 아버지께서 얼마나 많은 신세를 졌는지 알고 있는걸요."

송현은 그런 장서희도 위로했다.

"미안하네. 그때 조금만 더 늦게 자리를 떠났다면 이런 일은 없었을 것을……. 미안하네."

이초의 부고 소식에 먼 길을 마다치 않고 달려와 준 무림맹주 유건극도 고개를 떨구었다.

이초와의 시간이 각별한 것은 유건극도 마찬가지인지 언제나 활기 넘치던 그의 얼굴은 창백하다 못해 파리할 지경이다.

"괜찮습니다. 그래도 이렇게 다시 찾아와 주시지 않았습니까."

송현은 고개 숙인 유건극의 손을 맞잡아 주었다.

많은 이의 인사와 위로를 받았다.

악양루의 악사들, 악양의 유력자들, 북촌의 주민들.

송현은 상주로서 그들 하나하나를 맞이했다.

"그럼 이제……."

인사와 위로가 끝이 났다.

송현은 이초의 화장한 유골이 담긴 함을 품에 안았다.

저벅저벅.

걸음을 옮긴다.

동정호에는 미리 준비한 작고 화려한 꽃배가 매어 있었다.

투둑!

함의 봉인지를 뜯었다.

그리고 꽃배 위에 조심스럽게 올려놓았다.

툭.

손바닥으로 가볍게 밀자 꽃배는 스스로 동정호의 물결 위를 미끄러져 나아갔다.

"송 악사님."

유서린은 금방이라도 눈물을 떨어드릴 듯한 얼굴로 다가와 송현의 어깨를 감싸주었다.

송현은 미동도 하지 않았다.

그저 멍하니 멀어져 가는 꽃배를 응시할 뿐이다.

"외로운 분이셨습니다. 항상 형님을 그리워하셨으니 형님이 뿌려진 이 동정호가 아버지께서 원하시는 곳이었을 것입니다."

담담한 목소리로 이야기했다.

입가에는 미소마저 어려 있다.

그러나 송현의 어깨를 감싸 안은 유서린의 얼굴엔 좀처럼 슬픔이 가시지 않았다.

"그럼 송 악사님은요?"

"……."

"그럼 송 악사님은 어찌하나요? 이 대인을 이렇게 호수 위로 떠나보내시면 송 악사님은 어떻게 하나요?"

송현을 향해 소리치는 유서린의 목소리에는 물기가 젖어 있었다.

차라리 묏자리라도 쓸 것을.

그럼 보고 싶을 때면 언제든 찾아와 볼 수 있는 것을.

이렇게 꽃배에 띄워 보내면 남은 송현은 어떻게 이초를 찾아간단 말인가.

유서린은 그것이 너무나 마음 아팠다.

언제고 보고 싶을 때면 다시 찾아올 수 있는 곳.

찾아와 이초와의 시간을 추억할 수 있는 곳.

그리고 송현이 스스로 아픈 마음을 치유할 수 있는 곳.

친모를 잃어본 유서린이기에 그것이 얼마나 중요한 것인지 잘 알고 있었다.

송현은 웃었다.

"괜찮습니다, 저는. 아버지께서 원하시는 곳임을 알기에 저는 괜찮아요."

유서린의 눈엔 그 웃음이 너무나 서글프게만 느껴졌다.

꽈악!

그 안쓰러움 탓일까.

송현의 어깨를 끌어안은 유서린의 손에 힘이 들어간다.

'바보 같은 사람!'

지금 이 자리에서 가장 마음이 아픈 사람은 송현일 것이다. 이초라는 존재가 송현에게 어떠한 무게를 가지고 있는지 감히 상상조차 하기 어렵다.

그런 이초를 떠나보내는 일이다.

그것도 자연스러운 죽음이 아닌, 흉수에 의해 죽임을 당한 이초를 떠나보내는 길이다.

이초를 지키기 위해 스스로 무림이란 세계로 몸은 내던진 송현의 마음은 천 갈래 만 갈래로 찢어질 것이다.

그런데도 송현은 자신이 아닌 이초를 생각한다.

"그래도 마지막은 외롭지 않으셨겠네요. 감사하게도 이렇게 많은 분께서 와주셨으니까요."

송현은 또 웃었다.

그리고 몸을 돌렸다.

저 멀리 동정호의 중심에 닿은 꽃배를 향한 시선을 거두는 송현의 행동에는 일말의 미련도 보이지 않았다.

"귀한 시간을 내주신 분들이시니 허투루 대접할 수는 없죠."

송현은 직접 찾아온 조문객들을 상대했다.

술을 따르고, 인사를 나눈다.

지극히 담담한 모습이다.

"……."

그런 송현을 바라보던 유서린은 눈을 감아버렸다.

아무렇지 않은 송현의 모습조차 불안하게만 느껴져 차마 볼 수가 없었다.

장례가 끝났다.

송현은 전과 비해 크게 달라진 바가 없었다.

말수가 줄어들고 웃음이 사라졌지만, 그건 어쩌면 당연한 일이었다.

의부의 장례를 치른 지 얼마 되지도 않았는데 웃고 떠든다
는 것은 상상하기 어려운 일이니까.

그것 말고는 모든 것이 괜찮았다.

식사도 꼬박꼬박 잘 챙겨 먹었다. 식사량도 전과 크게 달라
지지 않았다. 바쁘게 움직이며 먼지 쌓인 이초의 거초를 말끔
하기 치우기까지 했다.

"그래도 다행이오. 괜히 미쳐 날뛰는 건 아닌지 걱정했는데
말이오."

주찬이 툭 한마디를 내뱉었다.

누구보다 먼저 혈천패를 향해 달려들 만큼 주찬은 이초의
죽음에 큰 분노를 느꼈다.

송현에게 가진 마음의 짐 때문인지도 몰랐다.

혈천패가 떠나고 주찬은 내심 불안한 마음을 감출 수가 없
었다.

상심한 송현이 혹시나 잘못되지 않을까 하는 걱정이었다.

하지만 송현은 예상과 달리 너무나 멀쩡해 보였다.

그 모습에 안도했다.

"우! 우우!"

듣고 있던 소구도 고개를 끄덕였다.

소구 또한 주찬과 마찬가지의 걱정을 하고 있는 듯했다.

"……."

진우군은 그런 두 사람을 보다 말없이 고개를 돌렸다.

하고 싶은 말이 있지만 애써 그 말을 삼키는 듯한 모습이 역

력했다.

그것은 위전보 또한 마찬가지였다.

하지만 유서린은 달랐다.

"정말 그렇게 생각하세요?"

툭 질문을 던진다.

"아니, 빙백봉, 그게 무슨 뜻입니까? 그럼 지금 송 악사가 어디 잘못되기라도 했단 말입니까?"

주찬이 의아해하며 물었다.

그만큼 유서린의 목소리도, 표정도 심각하기만 했으니까.

"기억해 보세요. 장례식 때 송 악사님은 어떠셨나요?"

"그야 기억하고 말고 할 것도 없지 않습니까. 달리 이상할 것도 없었으니까. 그렇지 않소?"

"연주를 했나요?"

"…무슨 소립니까? 연주라니?"

"송 악사님이 이대인을 떠나보낼 때 악기를 연주하셨는지 여쭙는 거예요."

"……."

주찬이 입을 다물었다.

'연주하지 않았다!'

송현은 어떤 연주도 하지 않았다.

장례에서 울린 장송곡은 악양루의 악사들이 직접 연주하였다.

"눈물은? 보이셨나요?"

유서린이 또 다른 질문을 던진다.

"…보이지 않았소."

주찬은 침중한 표정으로 대답했다.

지운 불안감이 다시 밀려든다. 전보다 더욱 거대한 불안감
이다.

"그럼?"

주찬은 유서린을 응시했다.

그의 동공이 거칠게 흔들렸다.

유서린은 고개를 끄덕였다.

"송 악사님은… 아직 아무것도 시작하지 않았어요."

아무것도 시작하지 않았다.

아직 이초를 떠나보내지 않았다. 이초를 떠나보내지 않았으
니 마음을 정리하지도 않았다.

지금은 그저 아무것도 시작하지 않았다.

그리고 그런 유서린의 말은 얼마 지나지 않아 곧 현실로 드
러나기 시작했다.

*   *   *

사각사각!

나무를 깎아내는 소리가 소곤거리듯 귓가를 간질인다.

휘장 너머의 존재가 만들어내는 소리다.

화려한 휘장이 상석과 하석을 갈라놓는다.

공주라는 지고의 신분을 가진 소연공주의 자리는 하석의 가장 위.

그러나 그녀는 그것을 당연하게 받아들였다.

"곧 무림맹이 흔들릴 것이다. 자중지란(自中之亂)이 일어나겠지."

상석.

휘장 건너편에서 낮은 남성의 목소리가 흘러나왔다.

공주를 향한 하대.

그녀는 그것마저도 당연하게 받아들이며 고개를 끄덕였다.

"그렇사옵니까?"

그녀의 목소리는 담담했다.

그리고 존대.

작금의 중원에서 공주의 존대를 받을 사람이 몇이나 될까.

그럼에도 그녀는 존대를 하는 것에 있어 아무런 거부감도 보이지 않았다. 그것은 존대를 받는 이 또한 마찬가지다.

응당 존대를 해야 하고, 응당 존대를 받아야 하는 것과 같이 자연스럽다.

"북방은 당분간 조용할 것이다."

"다행이옵니다."

현 황실의 가장 골칫거리 중 하나인 북방의 오랑캐이건만 그녀는 그마저도 별다른 감흥 없이 받아들였다.

"이초가 죽었다."

우뚝.

이번만큼은 달랐다.

조용히 차를 향해 손을 뻗어가던 그녀의 손짓이 멈칫했다.

"확실한… 것이옵니까?"

처음으로 그녀의 목소리가 떨렸다.

"혈천패가 확인했다. 사마가 무리해서 움직였나 보군."

"그렇… 군요."

소연공주는 애써 마음을 다잡았다.

'이초라면 송 악사의 의부……'

송현에게 관심을 두었다. 그래서 그의 행적을 좇았다. 이초가 송현의 의부가 되었음도 알고 있다.

그리고 무림맹 화단에서 이초를 이야기하던 송현의 모습.

그 모습이 눈앞에 그려졌다.

웃고 있었다. 따스한 웃음이었다.

이른 새벽 죽은 강아지를 묻어주던 자신을 위로해 주었을 때 보이던 그 온기 가득한 웃음이었다.

"괜찮더냐?"

휘장 너머로 나직한 물음이 전해졌다.

공주는 급히 정신을 수습했다.

휘장 너머의 존재는 그녀로서도 함부로 할 수 없었다. 아니, 황상조차도 휘장 너머의 존재에게는 함부로 할 수 없다. 그것은 지금의 황조가 탄생한 이후 계속되어 온 일이다.

황제가 세상의 주인이라면 그는 세상의 창조자였다.

공주는 애써 흔들리는 마음을 숨겼다.

"어쩔 수 없는 일이옵니다. 그와 우리가 가는 길은 엄연히 다르지 않습니까. 큰 수레바퀴가 움직이는데 그런 작은 것에 마음을 두어서야 아니 될 일이지요."

그런 그녀의 말이 마음에 들었음일까.

"좋은 말이다. 신경은 놓치지 말되 마음을 두어서는 안 된다."

휘장 너머의 존재가 공주를 칭찬했다.

그것이 그가 여태껏 살아온 방식이다.

"명심하겠사옵니다."

공주는 고개를 조아렸다.

그리고 물었다.

"하면 이제 어떻게 되는 것이옵니까?"

이초의 죽음.

그것은 변수다.

이초의 죽음으로 송현의 행동 방향은 지금까지와는 달라질 것이다.

그것 또한 변수다.

그와 그녀가 준비한 대계는 그 사소한 변수마저도 허락하지 않아야 한다.

그러나 휘장 너머에서 들려오는 대답은 여전히 무심하기만 했다.

"변하는 것은 없다."

이미 큰 수레바퀴는 굴러가기 시작했다.

굴러가는 수레바퀴를 주관하는 그에게 송현이란 변수는 그리 중요한 것이 아닌 듯했다.

사각사각!

휘장 너머 존재의 목각 소리가 점점 더 선명해졌다.

"계획대로 무림은 새로 만들어진다."

무림재편(武林再編).

그것이 그녀와 그가 계획한 대계였다.

*　　　*　　　*

늦은 밤.

저 멀리 우는 소쩍새 소리가 귓가를 어지럽힌다.

복잡해진 상황을 잠시 잊기 위해 화원으로 나선 북궁정은 멍하니 밤하늘을 올려다보았다.

하늘은 맑다.

소금을 뿌려놓은 듯한 별빛이 찬란하게 빛나고 있다.

하지만 달은 뜨지 않은 그믐날의 밤이다.

북궁정은 한참이나 말없이 뜨지 않는 그믐밤의 달을 찾았다.

"다녀왔군."

그러다 불쑥 입을 열었다.

"예."

그러자 누군가 모습을 드러냈다.

단호영이다.

맹 내에서 유일하게 유건극에 맞설 수 있는 존재인만큼 단호영이 화원에 들어선 것을 알아채는 것은 그리 오랜 시간이 걸리지 않았다.

"일을 곤란하게 만들었다."

단호영이 왜구와 결탁했다.

그 소문은 이미 중원 전역에 퍼져 있다.

또한 단호영과 함께 보낸 청령단과 오백의 외원무사조차 전원 사망했다.

황실에서 압박이 들어오고 있다.

제법 많은 뇌물을 들여야겠지만, 그것은 어찌어찌 무마할 수 있을 듯했다.

문제는 무림맹 내에서의 반응이다.

원령원을 구성하고 있는 나머지 육가의 반발부터가 문제다.

당장은 힘으로 찍어 누르고 있지만, 상황은 이미 한계점에 임박해 있었다.

그 때문에 화원 담장 너머에 북궁가의 정예인 북궁십이검대(十二劍袋)가 호위를 서고 있는 것이다.

"……"

북궁정의 말에 단호영은 입을 꾹 다물었다.

그리고 고개를 숙인다.

북궁정은 화를 내지 않았다.

화를 내는 순간 진다. 그것은 무인과 무인의 대결에서 뿐만 아닌 세상만사를 관통하는 진리였다.

"해결책은?"

대신 해결책을 물었다.

단호영이 대책 없이 모습을 드러내진 않았을 것이다.

그렇기에 단호영이 가진 방안을 물었다.

"있습니다."

"말하라."

"모든 죄업을 원령께서 지시는 것입니다."

모든 죄업을 북궁정이 진다.

단호영이 저지른 죄업과 육가의 반발을 모두 북궁정이 짊어진다.

그 말은 곧 북궁세가의 몰락을 의미하기도 한다.

단호영이 미치지 않고서야 감히 그런 말을 할 수 없다.

미쳤다.

아니, 배반했다.

오늘 단호영이 찾아온 것은 청령단으로 복귀하기 위함이 아닌, 북궁정을 나락으로 떨어뜨리기 위함이었다.

"그렇군."

북궁정은 고개를 끄덕였다.

고개를 돌려 단호영을 바로 바라본다.

"다른 여섯 원령께서 모두 동의하셨지요. 지금쯤 밖에서는……."

"으앗!"

그의 말이 채 끝나기도 전에 담장 밖에서 비명성이 들려왔다.

북궁십이검대.

총 열두 무사대이니 그 수만 천이백이다.

무림맹 내에서 이처럼 노골적으로 칼을 뽑아 들었다는 것은 그들 모두를 처리할 자신감이 있음을 의미했다.

위기다.

그럼에도 북궁정의 표정은 무심하기만 했다.

스릉.

단호영도 검을 뽑아 들었다.

"옛정을 생각해 원령님은 제가 끝내 드리지요."

차가운 웃음을 짓는다.

그때 문득 북궁정이 물었다.

"왜 항상 너를 진우군의 아래로 두었는지 아느냐?"

"……."

갑작스러운 물음.

그것은 단호영이 오랫동안 품어온 역린이다.

북궁정을 주인으로 모시면서도 단 한 번도 그를 진우군의 위로 두고 본 적이 없다.

"무위는 말할 필요 없지."

"이제는 다를 겁니다. 곧 보여 드리지요."

건들린 역린에 단호영이 새하얀 송곳니를 드러냈다.

그러나 북궁정은 그마저도 관심에 두지 않았다.

"그러지. 하나 무위 따위는 아무래도 상관없다."

"…그럼 왜 그러셨습니까?"

"그는 정파인이었다. 출신 성분은 비천하나 그는 정파인다웠다."

"저는… 정파인답지 않았다는 말씀으로 들리는군요. 명문 정파의 자제로 태어나 체계적인 수련을 받은 제가 말입니다."

"그건 네가 선택한 것이 아니다."

북궁정은 차갑게 고개를 저었다.

단호영의 출신 성분 따위도 상관없다. 그가 사파의 사생아든 마도의 영웅의 자식이든 상관없는 문제다.

"그럼 저는 누구입니까?"

단호영이 물었다.

마지막 인내심의 끈을 붙잡고 있는 모습이다.

그가 가진 모든 것을 부정당했고, 그가 가장 열등감을 가지고 있는 존재와 비교당했으니 마음에 불은 이미 당겨질 대로 당겨졌을 것이다.

단호영의 물음에 북궁정이 답했다.

"개. 욕심 많은 개. 조금이라도 더 좋은 먹이를 얻을 수 있다면 언제든 주인을 갈아탈 수 있는. 그러고도 자신이 주인을 선택했다고 믿는 어리석은 개."

으득!

단호영은 이를 악물었다.

애써 흥분한 마음을 억누른다.

"곧… 끝내 드리겠습니다."

단호영의 검이 북궁정을 겨누었다.

"기억하거라. 네가 선택한 먹이는 사냥이 끝나면 빼앗길 것이다. 네가 선택했다고 믿는 주인은 언제고 너를 버릴 수 있음을."

창!

북궁정도 검을 뽑았다.

검을 뽑았으나 죽음을 예감했다.

'오늘 죽겠구나.'

욕심만 많은 개는 항상 이기는 싸움만 한다. 그 욕심만큼 제 몸을 아끼기 때문이다.

단호영이 이빨을 들이밀었으니 자신을 죽일 수 있는 비장의 한 수를 준비해 두었을 것이다.

그것이 정정당당하든 그렇지 않든 중요하지 않았다.

그럼에도 북궁정은 단호영을 향해 웃었다.

"오너라, 이 어리석은 개여!"

*　　　*　　　*

꼬박꼬박 끼니를 챙겨 먹던 송현의 변화는 아주 천천히 나타나기 시작했다.

어느 순간부터 식사량이 줄었다. 그렇게 줄기 시작한 식사량은 이레가 지나면서부터는 아예 없어져 버렸다. 한 끼도 먹지 않는다. 그것은 비단 식사에만 해당하는 것이 아니었다. 물도 마찬가지다.

이레가 지난 시점부터 송현은 물 한 방울도 입에 대지 않았다.

움직이지도 않았다. 청소가 끝난 이후 송현의 행동반경이 줄어들더니 이내 종일 툇마루에 앉아 시간을 보내는 것이 그가 하는 전부가 되어버렸다.

악기를 연주하는 일도 없고, 외부의 환경에 반응하는 일도 확연히 줄어들기 시작했다.

"제발 좀 드시오! 그러다 송장 치우겠소!"

보다 못한 주찬이 산 아래에서 음식을 사와다가 송현의 입에 들이밀었다.

송현은 옅은 미소를 지으며 고개를 저었다.

"아니요. 이상하게 배가 고프지 않네요."

"고프고 지랄이고 간에 그냥 좀 드시라고!"

"죄송해요. 나중에 먹을게요."

"염병! 나중에는, 어제도 나중에 먹겠다고 했소! 아니면 물이라도 좀 마시든가!"

실랑이가 계속되었다.

"우어!"

옆에서 소구도 주찬을 거들었다.

하지만 송현의 고집을 끝내 꺾지 못했다.

오늘도 역시나 송현은 음식이라고는 입에 대지 않았다.

그럴수록 천권호무대의 근심은 깊어져 갔다.

"복귀한다."

그런 천권호무대에게 청천병력과 같은 소리가 전해졌다.

진우군이 전해준 소식이다.

"맹 내의 상황이 심상치 않게 돌아간다고 한다. 쉴 만큼 쉬었으니 이제 그만 돌아가야지."

"……"

진우군의 말에 장내는 찬물을 끼얹은 듯 고요해졌다.

말이 과한 면은 있었지만 사실이다.

천권호무대의 임무는 어디까지나 절강의 왜구들과의 전쟁까지였다.

그 이상은 임무 밖의 일이다.

그런 임무 밖의 일로 시간을 허비하였으니 복귀해도 벌써 복귀해야 했다.

모두 말없이 송현의 눈치만 살폈다.

그런 시선을 느꼈음일까.

송현이 웃으며 말했다.

며칠 동안 물 한 모금 마시지 않은 송현의 미소는 수척하고 힘이 없었다.

"그러게요. 이제 슬슬 복귀할 때가 되었네요."

"송 악사님은요?"

유서린이 부리나케 물었다.

송현은 고개를 저었다.

"저는 이곳에 남겠습니다."

"남다니! 그게 무슨 말이오?"

"우어!"

송현의 대답에 주찬과 소구가 화들짝 놀라 소리쳤다.

그러나 송현은 담담히 웃을 뿐이다.

"제가 무림맹으로 향한 것은 아버지를 지키기 위해서였습니다. 저의 불찰로 생긴 무림의 관심이 아버지를 향했으니까요. 아버지께 쏠린 관심을 돌리려 했습니다. 그래서 무림맹으로 간 것이죠. 천권호무대에 들어간 건 그다음의 일이었죠."

"……."

"사직이군."

"예, 이제 무림에 남아 있을 이유는 없으니까요."

진우군의 말에 송현이 고개를 끄덕였다.

맞은 말이다.

송현이 어떠한 사정으로 무림맹이란 곳에 들어왔고, 또 천권호무대에 들어왔는지 모르는 이는 없다.

이초가 죽은 지금 송현이 군이 천권호무대에 매어 있어야 할 이유가 없다.

오히려 송현에게는 잘된 일인지도 모른다.

그는 원래부터 무림인이 아닌 악사였으니까.

"하나……."

주찬은 차마 말을 잇지 못했다.

송현의 말이 맞다.

하지만 감정은 언제나 이성과 같을 수 없는 법이다.

짧다면 짧고 길다면 긴 시간이었다.

그 시간 동안 고락을 함께했다. 생명의 구함을 받은 적도 있고, 오랫동안 묻어온 해묵은 감정을 털어놓기도 했다.

동료다.

송현은 주찬에겐 이미 동료였다.

그것은 비단 주찬 하나에만 해당하는 것은 아니었다.

하지만 진우군은 아니었나 보다.

"그러지. 맹주님께 보고는 내가 대신 하마."

진우군은 단 한 마디의 설득도 없이 송현의 의견을 받아들였다.

"감사합니다."

송현은 웃으며 고개를 숙였다.

반발은 다른 곳에서 나왔다.

"대주!"

"대주님!"

주찬과 유서린, 소구가 반발하고 나섰다.

지금껏 함께해 온 동료를 설득 한번 하지 않고 떠나보낸다는 것을 그들은 받아들일 수 없었다.

아니, 그들은 아직 송현을 떠나보낼 준비가 되어 있지 않았다.

"언제고 선택해야 한다."

진우군은 그 짧은 말로 모든 반발을 물리쳤다.

송현이 가고자 하는 길의 본질이 음악에 있는 이상 송현과 무림은 어울리지 않았다.

그것은 모두가 알고 있는 사실이다.

지금껏 송현이 보여준 과정과 결과는 놀라웠지만, 언제고 선택을 해야 할 때가 올 것이다.

그때를 위해서라도 차라리 지금 송현이 무림을 벗어나는 것이 낫다.

"……."

누구도 입을 열지 않았다.

처음부터 이성적으로는 송현이 지금쯤에서 천권호무대를 떠나는 것이 옳음을 알고 있었다.

송현 개인을 위해서 그것이 나았다.

이 이상은 욕심이다.

이렇게 반발한 것도 단지 인간적인 감정 때문이었을 뿐이다.

그때였다.

"저는……."

유서린이 어렵게 말문을 열었다.

"저는 남겠어요. 천권호무대를 떠나야 한다면… 그럴게요. 저는 이곳에 남겠어요."

한마디 한마디 어렵게 자신의 결정을 밝혔다.

유서린에게 있어 천권호무대를 떠나야 할지도 모른다는 사실은 매우 부담스러운 일인 듯했다.

"그러지."

하지만 진우군의 대답은 너무나 간단했다.

"송현은 천권호무대를 떠났다. 유서린은 차후 맹의 결정이 내려지기 전까지 이곳에서 대기한다. 나머지는 나와 함께 내일 아침 맹으로 떠난다. 이상!"

이로써 모든 것이 결정 났다.

7장
큰비의 전조(前兆)

밤이 찾아왔다.

저 멀리 강물의 창랑거리는 소리가 송현의 귓가로 들려왔
다.

먼 길을 떠나야 하는 천권호무대는 이미 잠에 든 지 오래다.

늘 마루에만 앉아 있던 송현은 모처럼 만에 걸음을 옮겼다.
시원한 밤바람이 송현의 뺨을 스치고 지나갔다. 송현의 걸음
은 동정호가 보이는 언덕에 닿아서야 멈추었다.

송현은 자리를 잡고 앉았다.

멍하니 별빛에 반짝이는 동정호를 내려다보았다.

"후훗!"

웃음이 나왔다.

헛헛했다.

사실 이렇게 걸음을 옮긴 것도 그 헛헛한 마음 때문이다.

"간단… 하구나."

무림맹으로 향하기 전, 송현은 많은 갈등을 해야 했다. 어렵게, 정말 힘겹게 결정을 내렸었다.

무림이란 세상 속에 적응하기도 쉽지만은 않았다.

많은 일이 있었다. 사람과 사람 간의 갈등도 있었고, 혼자만의 번뇌도 있었다.

이젠 모두 끝난 일이다.

자정이 훌쩍 지난 시간이다. 이제 몇 시진 후면 천권호무대는 무림맹으로 떠날 것이다.

그리고 송현은 무림을 떠날 것이다.

참 간단한 일이다.

이렇게 간단한 일이 이초에게는 그렇게나 어려운 일이었다는 것이 믿기지 않을 정도다.

웃음을 짓는 송현의 모습은 마치 수십 년은 훌쩍 늙은 노인의 웃음을 닮아 있었다.

부스럭.

소리가 들렸다.

송현의 고개가 돌아갔다.

풀숲을 헤치고 누군가 모습을 드러냈다.

"여기 계셨네요."

"주무시지 않고요. 이쪽으로 와서 앉으세요, 유 소저."

풀숲을 헤치고 모습을 드러낸 이는 유서린이었다.

송현은 유서린에게 자리를 내어주었다.

"그럼."

유서린이 송현의 곁에 앉았다.

밤바람이 송현의 얼굴을 스치고 지나갔듯 유서린의 두 뺨도 스치고 지나간다.

바람결에 풀어헤친 유서린의 머리칼이 곱게 휘날린다.

"바람이… 시원하네요."

유서린이 작게 웃음 짓는다.

그러나 그 표정이 어둡다.

"유 소저도… 같이 가세요. 중요하잖아요, 유 소저께 천권호무대는."

"알고… 계셨나요?"

"죄송해요. 맹주님께 들었어요. 그리고 생각했죠. 유 소저가 왜 천권호무대에 있는 것인지."

유서린과 천권호무대 간의 사연.

유서린이 친모를 잃은 사연과 같다.

그것을 유서린이 아닌 맹주의 입을 통해 들었으니 유서린이 화를 낼 것이라 생각했다.

하지만 유서린은 화를 내지 않았다.

오히려 지금보다 밝게 웃었다.

"무엇인가요? 송 악사님이 생각하신 이유요."

"죄책감 때문… 아닙니까?"

"……."

송현의 대답.

유서린의 얼굴에 웃음이 사라졌다.

송현은 그런 유서린의 모습에 머리를 긁적였다.

"죄송합니다. 그냥 혼자 생각한 추측일 뿐……."

"맞아요."

송현을 말을 가로막은 유서린이 고개를 끄덕였다.

"천권호무대는 제 생명의 은인이에요. 백여 명에 달하던 천
권호무대원은 저를 지키려다 모두……. 그리고 지금 천권호무
대가 이렇게 된 것도 모두… 그날 일 때문이에요."

백여 명에 달하던 천권호무대다.

그러나 그날 단 한 번의 패배로 살아남은 사람은 소구를 포
함해 고작 넷이다.

모두 유서린을 지키기 위해서였다.

그들은 유서린을 지키기 위해 스스로의 목숨을 아무렇지도
않게 내던졌다.

"아버지도 버린 저예요. 하지만 그분들은 그런 저를 위해 선
뜻 목숨을 버리셨죠. 그리고도 죄인이 되어야만 했죠."

약속한 지원은 없었다. 아니, 모든 상황이 끝에 달해서야 지
원이 도착했다.

그런 상황에서 천권호무대는 유서린을 지켰다.

칭찬 받아 마땅할 일이다.

하지만 그들은 그날 이후 죄인이 되어야만 했다.

유서린의 친모. 유건극의 부인인 모용미향의 죽음 때문이었다.

상황도 과정도 필요 없었다.

무림맹의 대모라 할 수 있는 그녀의 죽음을 막지 못했다는 이유만으로 천권호무대는 모든 비난을 감수해야 했다.

유건극을 깎아내려야 할 정적은 집요하게 이를 물고 늘어졌다.

유건극은 이를 모두 막아주지 못했다.

이 모든 일이 그의 욕심과 결정으로 만들어진 결과물임에도 그는 제대로 된 방패막이가 되어주지 못했다.

때문에 한때 무림맹을 대표하는 무력 부대이던 천권호무대는 이후 이렇다 할 충원이나 지원도 없이 이렇게 유지될 수밖에 없었던 것이다.

"저 때문에 일어난 희생이에요. 맹주님의 결정으로 벌어진 일이기도 하죠. 하지만 아버지는 그들의 희생에 아무런 보상도, 지원도 해주지 않으셨죠. 겉으로는 모든 것을 책임지고 물러나는 듯한 모습이었지만 실상은 권력 때문이에요. 참 비겁한 분이시죠?"

유서린이 웃으며 묻는다.

"유 소저……."

송현은 차마 무어라 말하지 못했다.

어렴풋이 짐작하고 있는 내용이다. 맹주 또한 그와 비슷한 투의 언급을 한 적이 있다. 하지만 직접 듣는 것은 또 다른 느낌이다.

그럼에도 한마디를 하고 싶었다.

"그것은 유 소저의 잘못이 아닙니다."

유서린에겐 선택권이 없었다.

그녀가 그런 일을 당한 것도, 천권호무대가 이렇게 된 데에
도.

그녀는 아무런 힘도 선택권도 없었다.

그러니 그녀의 잘못이 아니다.

"아버지잖아요. 아무리 제 몸의 모든 피를 뽑아 부정하고 싶
어도… 제가 무림맹주 유건극의 딸이란 것은 변하지 않아요.
선택한 것도, 선택할 수 있는 것도 없지만… 그래도… 제 몸에
흐르는 피는 분명 아버지의 피니까요."

그녀는 고개를 숙여 버렸다.

그녀가 천권호무대에 존재함과 존재하지 않음의 차이는 크
다.

더 많은 공격을 받지만, 반대로 그렇기에 더는 물어뜯지 못
한다.

아무리 이름뿐인 맹주라지만 그녀는 무림맹주 유건극의 딸
이니까.

함부로 건드리기에는 너무나 부담스러운 존재일 수밖에 없
다.

"하지만!"

그녀는 숙였던 고개를 들었다.

그리고 밝게 웃는다.

"지금은 여기에 남고 싶어요. 여기 이렇게 남아서 지금처럼 송 악사님과 나란히 앉아 밤바람도 쐬고 이야기도 나누고……. 어쩌면 지금껏 너무 지쳐서 잠시 쉬고 싶은 건지도 모르죠."

사내도 버텨내기 어려운 무림이다.

여인의 몸으로 버텨내기는 더더욱 어려운 일이다.

지칠 만도 했다.

"송 악사님은요?"

그리고 유서린이 물었다.

"송 악사님은 이제… 무림을 완전히 떠날 생각이신가요?"

"글쎄요. 모르겠군요. 하지만 당분간은 무림을 떠나 있으려 합니다."

"복수… 는요?"

"해야죠. 하지만 흉수도 모르는 지금은… 솔직히 어떻게 해야 할지 잘 모르겠습니다."

송현이 웃었다.

이초의 죽음에 대해 무림맹에서 직접 조사를 했다.

천권호무대 전원이 참관한 조사였다.

하지만 아무런 단서도 찾지 못했다.

산 전역에 펼쳐진 진법 역시도 조금만 진법에 대한 공부만 있으면 흔히 펼칠 수 있는 것이라 단서가 될 수 없었다.

"혈천패는……."

"그는 아닙니다."

유서린이 조심스럽게 혈천패의 이름을 언급하자 송현은 단호히 고개를 저었다.

"그가 검을 뽑았을 때 피는 이미 굳어 있었습니다."

피는 금방 굳지 않는다.

송현은 그것을 잘 알고 있었다.

"그렇지만 속임수일지도 모르잖아요."

"그가 그럴 이유가 없지요. 그는 이미 무림맹의 적이고, 천외사천의 중 한 사람입니다. 구태여 속임수를 쓸 필요도, 그 자리에서 거짓말을 할 이유도 없습니다."

그가 왜적과 결탁한 순간, 그는 이미 무림맹과 척을 진 것이나 진배없었다. 하물며 스스로 천외사천의 일인이라 불릴 만한 무위를 갖춘 그다.

굳이 거짓말을 해서 자리를 모면할 필요는 없다. 차라리 천권호무대 전부를 죽여 입막음을 하는 편이 그에게는 더욱 편한 일이었다.

"그리고 그냥 느낌이 그러네요."

단지 느낌일 뿐이다.

하지만 송현은 혈천패의 목소리에서 확실한 자신감을 보았다.

"그렇군요."

유서린은 담담히 고개를 끄덕였다.

"그럼 이제 무얼 하실……."

막 유서린이 다음 질문을 하려 할 때다.

사실 그녀에게는 가장 중요한 질문이었다. 최근 들어 아무 것도 하지 않고 그저 멍하니 시간을 보내는 송현이 걱정되었다.

앞으로 무엇을 할지, 또 무엇을 하고 싶은지 묻고 싶었다.

하지만 송현의 고개는 이미 유서린이 아닌 다른 곳으로 향하고 있었다.

"부대주님께서 여긴 무슨 일이십니까?"

그곳엔 부대주 위전보가 서 있었다.

언제 왔는지 유서린은 기척도 느끼지 못할 만큼 그는 미동도 없이 그 자리에 서 있었다.

"그냥 잠이 오지 않았다."

송현의 물음에 위전보의 대답은 간단했다.

하지만 그것이 전부가 아님은 곧 밝혀졌다.

위전보의 고개가 유서린을 향했다.

"잠시 자리 좀 비켜줄 수 있나?"

담담한 물음.

좀처럼 말 없는 위전보의 성격을 보았을 때 그는 오늘 유독 말이 많은 편이었다.

"무슨 일이시죠?"

의아한 유서린이 반문했지만 역시나 돌아오는 대답은 짧았다.

"송 악사와 할 말이 있다."

위전보의 시선이 송현을 향했다.

자리는 그대로다.

단지 곁에 있는 사람이 바뀌었을 뿐이다.

"할 말이 있으시다 하지 않으셨습니까?"

할 말이 있다던 위전보는 내내 아무 말 없이 우두커니 서 있다.

보다 못한 송현이 먼저 입을 열었다.

위전보는 그제야 입을 열었다.

"연주는? 더는 하지 않나?"

뜬금없는 물음이다.

그 뜬금없는 물음에 송현은 옅게 웃으며 고개를 저었다.

"글쎄요. 모르겠군요. 아마 하겠지요. 하지만 지금은 그리 악기를 연주하고 싶은 마음이 들지 않네요."

"무엇이든 좋다. 해라."

그런 송현에게 위전보는 또 다른 말을 했다.

무엇이든 하라고 한다.

그것은 좀 전에 유서린이 하려고 한 말과 같았다.

"이유를 여쭈어도 되겠습니까?"

송현이 물었다.

"궁금하지 않나?"

위전보는 오히려 반문했다.

"임무가 없을 때면 대주는 늘 숲에 들어가 나뭇잎을 센다.

왜 그런지… 궁금하지 않나?"

"글쎄요……. 왜 그런 겁니까?"

"몰두하기 위해서다."

몰두하기 위해서 나뭇잎을 센다.

이해하기 어려운 대답이다. 굳이 나뭇잎을 세는 데 몰두할 이유가 있을까 싶다.

"몰두하지 못하면 화가 나거든. 죄책감도 밀려들지."

"아! 설마… 백마신궁과의 일과 연관된……."

끄덕.

송현의 짐작에 위전보가 고개를 끄덕였다.

"그날 대주는 두 가지를 실수했다. 하나는 정해진 인원 이외에 누구도 동행시키지도, 간섭하지도 말라는 명령을 어겼다. 그날 대주는 몰래 숨어든 소구의 동행을 허락했고, 노상에 쓰러진 무사를 치료했다. 그대로 놔두면 죽을 것 같았거든."

실수라기엔 대수롭지 않은 일이다.

명을 어긴 것이긴 하지만, 그것이 그리 큰 문제가 될 일은 아니었다.

"치료해 준 무사는 백마신궁의 무사였다. 의식을 차리고 곧장 도망쳐 우리를 추격하던 백마신궁의 추격대에게 우리의 정보를 넘겼다. 그래서 전투가 벌어졌다. 벌어진 전투에서 소구는 우리의 손발을 묶는 제약이 되어버렸다."

"아!"

송현은 짧게 탄식을 터뜨렸다.

당시 소구는 어렸다. 무공도 익히지 않았다. 그런 소구의 존재는 확실히 부담스러울 수밖에 없었다. 지켜야 하는 존재가 둘에서 셋으로 늘어났으니까.

전투가 벌어진 이후에는 더더욱 그 부담이 가중될 수밖에 없었다. 집중이 흐트러지고 병력의 운영에 제약이 따른다.

어느 정도 알고 있는 이야기다.

그래서 소구가 늘 주눅이 든 모습을 보이고, 진우군의 한마디에도 쩔쩔매는 모습을 보이는 것이다.

하지만 백마신궁의 무사를 구해준 일은 전해 듣지 못한 말이다.

"그래서 명령에 그토록 집착하신 것입니까?"

"그렇다."

맹의 명령을 어긴 대가로 너무나 많은 것을 잃었다. 그러니 더더욱 명령에 집착하고 무조건적으로 명령을 따르려고 하는 것이다.

"두 번째 실수는 맹을 너무 믿었다는 것이다."

"…지원이 늦은 일을 말씀하시는 겁니까?"

"맞다. 맹에선 충돌이 있는 즉시 본대를 투입하여 백마신궁에서 보낸 정예부대를 일망타진할 것이라 했다. 그래서 부러 후퇴하지도, 이동에 속도를 높이지도 않았다. 하지만 맹의 지원군은 나타나지 않았다."

"……."

"나뭇잎을 세는 건 끝나지 않는다. 매일매일 새로운 잎이 돋고 진다. 계절이 바뀌면 또 새로운 잎을 세어야 하지. 그렇게 끝나지 않을 과제를 두고 몰두하지 않으면…….”

“화가 나겠네요. 스스로에게도, 맹에게도…….”

송현이 그 말을 받았다.

자신의 잘못으로 동료를 잃었으니 스스로에게 화가 날 것이고, 맹이 약속을 지키지 않았으니 무림맹에 화가 날 것이다.

송현이라면 아마 그랬을 것이다.

“맞다. 대주는 정이 많은 사람이니까.”

위전보가 그 말이 틀리지 않았음을 확인시켜 주었다.

의문이 들었다.

“그럼 왜 맹을 떠나지 않으시는가요? 맹에 남아 있으면 남는 건 결국 분노밖에 없지 않습니까?”

“우리마저 맹을 떠나면… 천권호무대는 사라지겠지. 천권호무대가 사라지면 죽어간 동료들은 어떻게 되는 것이지? 천권호무대라도 남아 있어야 그들이 천권호무대에 있었음을 사람들이 기억해 주겠지. 그들과 함께 지낸 흔적들이 그 자리에 남아 있겠지.”

비합리적이다.

송현이 아는 무림이란 세계가 갖고 있는 것과도 너무나 맞지 않다. 정작 송현에게 무림이란 세계의 단면을 각인시켜 준 곳이 천권호무대인데 말이다.

“그러니 너도 몰두해라. 무엇이든 해라.”

위전보가 말했다.

그래서 결국 그 말을 한 것이다.

위전보의 눈엔 송현 또한 자신들과 다를 바 없어 보인 것이리라.

"묻고 싶은 것이 있습니다."

"……."

"그럼 부대주님은요? 부대주님은 그날 무슨 실수를 저질렀기에 항상 연무장에서 그러고 계신 겁니까?"

위전보는 항상 뽑지 않을 일검을 붙잡고 허수아비를 노려보기만 했다.

진우군의 실수를 알았다. 소구의 실수도 알았다.

그러면 위전보는 도대체 무슨 사연이 있단 말인가.

위전보는 고개를 저었다.

"…실수는 없었다."

실수가 아니다.

"나는… 실수란 말로 용서될 잘못을 저지르지 않았으니까."

실수는 용서 받을 수 있는 단어다.

"실수는… 반복되지 않아야 실수니까."

*　　　*　　　*

천권호무대가 배에 올랐다.

철썩거리며 배 허리를 치는 강물 소리가 시끄러웠다.

갑판 위에 가득 짐을 옮겨놓은 뱃사람들은 저마다 삼삼오오

모여 숨을 돌리며 이야기가 한창이다.

천권호무대는 무슨 아쉬움이 남았는지 멍하니 멀어져 가는 악양을 바라보았다.

그중엔 위전보도 있다.

꽈악!

위전보의 손에 힘이 들어갔다.

위전보의 손에 들린 것은 북채였다.

생나무를 잘라 다듬은 북채는 아직 물기도 마르지 않아 풀 냄새가 가득 배어 있다.

"북을 쳐보세요."

어제 송현이 위전보에게 한 말이다.

위전보의 잘못.

그것은 과거에도 지금도 반복되고 있는 잘못이다.

그것은 바로 불완전함이다.

부대주란 자리에 앉아 있으면서도 위전보의 무위는 유서린 에 비해 아주 조금 나은 정도이다.

그런데도 그는 부대주의 자리에 있다.

그것은 과거 천권호무대가 전성기를 구가할 때도 마찬가지 였다.

단 일초식.

상황을 바꾸어낼 일초식을 그는 갖고 있다.

절강에서 나가토가 광폭이라 부른 그것이다. 전신의 모든 내력을 충돌시켜 나온 반발력으로 뿜어내는 그 일초식은 천외사천의 한 사람인 혈천패의 손마저 빗겨낼 만큼 강력한 것이다.

하지만 그것은 언제나 불완전했다.

처음부터 불완전한 무공이었다.

그 일 검을 쏟아내고 나면 아무것도 하지 못한다.

전신의 모든 내력을 충돌해 뿜어낸 힘이니 내력이 남아 있을 턱이 없다. 아니, 그전에 내상 때문에 한동안은 제대로 서 있지도 못하게 된다.

그런 그를 다른 동료들이 지켜야 한다.

다시 다음 일 검을 뿜어낼 준비가 될 때까지.

달리 말하자면 그것은 위전보 대신 목숨을 내던져야 한다는 것을 의미했다.

그렇기에 위전보가 연무장에서 내내 하던 행동은 친권호무대가 백마신궁에 의해 괴멸의 타격을 입기 전부터 계속해 온 일이다.

그렇기에 위전보는 다른 동료들과 의식적으로 말을 섞지 않았다.

혹여나 깊게 정이 들까 두려워서이다.

하지만 사람이란 존재의 마음은 언제나 얄궂은 법이다.

한마디 말을 섞지 않아도 함께 같은 공간에서 숨 쉬고 같은 난관에 맞서 고락을 함께하다 보면 정이 쌓이게 마련이다.

그렇게 정을 나눈 동료를 대신 방패막이로 내세워야 한다.

과거에도 그랬고 지금도 그렇다.

그것이 위전보의 잘못이다.

그런 위전보에게 송현은 북을 쳐보라고 이야기했다.

이유는 아직 모른다.

'하지만 해봐야겠지.'

그는 해볼 생각이다.

*　　　*　　　*

"무엇이든 해라."

위전보가 남기고 간 말.

송현은 마음이 동했다.

멍하니 마루에 앉아 산 밑 악양의 풍경을 바라보던 송현이

자리에서 일어났다.

"무슨 일이라도 있나요?"

유서린이 그런 송현을 의아하게 올려다보았다.

"글쎄요."

송현이 웃으며 하늘을 바라보았다.

마음은 동했으나 아직 구체적으로 무엇을 할지는 정하지 않

았다.

막연한 막막함이다.

송현은 어렵게 생각하지 않았다.

"산책… 하시겠습니까?"

송현이 손을 내밀었다.

유서린이 밝게 웃었다.

"예!"

손을 맞잡은 두 사람이 길을 나섰다.

특별히 하는 것도 없었지만 그렇다고 아무것도 하지 않은 것도 아니다. 악양 번화가를 걷기도 했고, 나룻가에 앉아 멍하니 시간을 보내기도 했다. 악양루에 올라 차를 마시며 동정호의 풍경을 감상하기도 했고, 북촌 상아의 집에 방문하기도 했다.

맛난 음식도 먹었고, 좋은 술도 마셨다.

하지만 그뿐이다.

무엇이든 하려고 했으나 그 무엇도 즐겁지 않았다.

금방 시들해졌다.

흥이 동하지 않으니 남은 것은 의무뿐이다.

의무는 오히려 송현의 어깨를 더욱 무겁게 내리눌렀다.

늘어난 식사량도 다시 줄었고, 매사에 의욕 없이 움직이는 일이 반복됐다.

송현은 야위어갔다.

초췌해졌고, 빛바래져 가고 있었다.

그런 송현을 지켜보는 유서린은 피가 바짝바짝 말라갔다.

활기를 되찾는 듯하던 송현이 전보다 더욱더 심하게 무기력해져 가는 모습을 지켜보고만 있는 현실이 유서린을 힘들게 했다.

그리고 유서린을 힘들게 하는 것은 또 있었다.

푸드득.

전서구가 날아올랐다.

"하―!"

유서린의 붉은 입술에서 깊은 한숨이 흘러나왔다.

무림맹의 특수한 훈련을 받고 자란 전서구는 매일같이 유서린을 찾아 날아왔다.

전서구가 전해주는 소식은 날로 유서린의 마음을 무겁게 만들고 있었다.

"무슨 일인가요?"

마루에 앉아 있던 송현이 그녀의 어두운 표정에 말문을 열었다.

"아, 아무것도 아니에요."

유서린은 죄지은 아이처럼 급히 서찰을 등 뒤로 감추었다.

송현은 옅게 미소를 지었다.

다시 곡기를 끊은 송현의 미소는 전보다 훨씬 힘없어 보였다.

"또 거짓말하시네요."

"……."

유서린이 고개를 푹 숙였다.

갑작스런 송현의 물음에 그만 말을 더듬어 버렸다.

이미 거짓말을 하고 있다고 실토한 것이나 다름없었다.

"항상 똑같지요. 무림맹으로 복귀하라는 내용이에요."

"그리고요?"

송현이 조용히 채근했다.

단지 그것뿐은 아닐 것이다.

"좋아요. 송 악사님껜 거짓말을 못하겠네요. 맹의 상황이 복잡하게 돌아가고 있는 모양인가 봐요."

"…그렇군요."

송현은 고개를 끄덕였다.

무림을 떠났으니 무림맹의 상황이 어떻든 그는 직접적인 상관이 없다.

하지만 유서린은 다르다.

"걱정되시나요?"

"…예. 하지만 괜찮아요. 잘 해결해 나갈 테니까요. 맹주… 님은 그런 사람이니까요. 그러니 천권호무대도 걱정할 일은 없을……."

"아니요. 천권호무대를 말하는 것이 아닙니다."

송현이 유서린의 말을 가로막았다.

유서린이 걱정하고 있는 대상은 천권호무대가 전부가 아니다.

"맹주님이 걱정되시는지 묻는 것입니다."

송현의 두 눈이 유서린의 두 눈과 마주했다.

날로 초췌해지는 송현이지만 그 눈빛만큼은 그 어느 때보다 맑고 또렷했다.

너무나 맑아 깊이를 알 수 없는 호수를 보는 것 같다.

"아니요. 제가 왜 그 사람을 거, 걱정하겠어요. 어머!"

유서린이 웃으며 대답했다.

하지만 끝내 말을 더듬고 만다.

그것은 유서린 스스로도 전혀 예상하지 못한 일이다.

"아니에요. 이건 단지 실수일 뿐이라고요!"

지레 찔린 유서린은 송현이 무어라 하지도 않았는데도 먼저 나서서 변명했다.

그리고는 이내 스스로의 실책을 깨닫고는 얼굴을 붉혔다.

이래서야 정말 걱정하고 있는 것처럼 비치지 않겠는가.

송현은 그저 웃을 뿐이다.

"무슨 일이 벌어지고 있는 건가요?"

그리고 조용히 물었다.

대체 무슨 일이 벌어지고 있기에 그녀가 그토록 증오하는 맹주까지 걱정하게 되었을까.

유서린은 고개를 숙였다.

더는 무슨 말을 해도 모두 변명처럼 비칠 것임을 그녀도 알고 있었다.

그래서 그냥 순순히 대답했다.

"칠대원령 중 한 사람이 암살당했어요. 그는 맹주의 실권을 빼앗는 데 주도적인 역할을 한 사람이에요. 북궁정, 그것이 그의 이름이죠."

"…그리고요?"

"남은 육대원령이 암살 주동자로 맹주님을 지목했어요."

＊　　　＊　　　＊

이초의 장례식장에 참석하고 온 이후 무림맹주 유건극은 내내 홀로 술잔을 기울이고 있었다.

무림맹 내에서 일어나는 변화는 전혀 신경 쓰지 않는 모습이었다.

일각이 다르게 변해가는 무림맹의 정세 속에서도 맹주는 마치 홀로 동떨어져 있는 것처럼 보일 지경이었다.

그것은 무림맹 내에서 벌어진 암살로 인한 북궁정의 사망과, 그 암살의 주동자로 유건극이 지목된 이후에도 마찬가지였다.

총군사 사마중걸이 유건극을 찾아왔을 때도 그는 술잔을 기울이고 있었다.

해가 뜨고 지기를 몇 번이나 반복하였는데도 내내 술을 마신 유건극의 얼굴은 믿기 어려울 만큼 창백했다.

"맹주……!"

긴 장탄식이 섞인 사마중걸의 음성.

"자네도 한잔할 텐가?"

무거운 사마중걸의 부름에도 맹주는 비어버린 술잔에 새로

술을 따라 건넬 뿐이다.

"맹주님!"

사마중걸의 목소리에 더욱 힘이 들어갔다.

그제야 맹주의 시선이 올곧게 사마중걸을 향했다.

"상황이 복잡한가?"

"그렇습니다. 현재 맹의 정세는……."

"북궁정은 참 정의로운 인물이었다네. 내가 아니었다면 이 자리는 그의 차지가 되었을 테지. 그에겐 그만한 능력도, 자질도 있었으니까 말일세."

맹의 정세를 설명하려는 사마중걸의 말을 가로막은 유건극이 꺼낸 화제는 죽은 북궁정이었다.

"나보다 더 이 자리에 잘 어울리는 사람이었어. 그는 나에게 정적이었으나 또한 존경하는 이였지. 그래서 그라면… 언제고 이 자리를 내어줄 생각이었다네. 모든 것이 끝나고 나면… 올바른 사람이 올바른 결정으로 무림을 이끌어갈 수 있을 때가 되면 말일세."

유건극의 목소리는 작고 나직했다.

진심이 가득했다.

그는 정말 북궁정을 인정하고 있었다.

정도를 표방하는 크고 작은 문파들이 모여 만들어진 연합체인 무림맹에서도 정파의 거두라 불릴 수 있는 사람은 그가 유일했으니까.

"북궁십이검대가 몰살당했다지? 북궁정을 죽이기 위해 벽력진천뢰가 쓰였다고도 하더군. 총 세 개였던가. 그 폭발의 여파로 북궁정의 팔은 찢겨 나가고 몸은 흔적도 찾을 수 없었다고 하더군. 남은 것은 목 위. 그임을 확인할 수 있는 얼굴뿐이야. 안 그런가?"

"맞습니다……."

무림맹 내에서 벌어진 일이다.

하지만 누구 하나 이를 막지 못했다. 아니, 제대로 된 대응조차 하지 못했다.

세 번의 폭발성이 들린 이후 무림맹의 무사들이 찾아낸 것이라고는 덩그러니 남아 있는 북궁정의 머리뿐이었다.

"나 유건극의 가장 큰 정적이 죽었네. 나를 의심하는 것이야 당연한 수순일 테지."

당연한 일이다.

그것은 유건극도 예상한 일이다.

그러나 사마중걸은 고개를 저었다.

"그뿐만이 아닙니다."

"말하시게."

"북궁정의 사망 이후 그와 관련된 비리들이 속속 드러나고 있습니다. 그 내용은 이미 저희 측에서 확보해 둔 사실과 정확히 일치하고 있습니다. 문제는 드러나는 비리의 공개성입니다."

"누구나 알 수 있을 정도란 말인가?"

"예, 마치 누군가 의도적으로 퍼뜨린 것처럼 말이지요."

북궁정은 정도에 가장 가까운 인물이다.

하지만 그것은 그에게 한정된 이야기일 뿐 그의 아랫사람은
아니었다.

"주로 청령단이 저지른 비리겠지."

"맞습니다."

청령단을 이끄는 단호영은 목적을 위해서라면 수단과 방법
을 가리지 않기로 유명했다.

겉으로 드러난 것은 정파무림의 유망한 젊은 무인이었으나,
뒤로는 온갖 비리를 저지르는 온상임을 무림맹의 고위 관계자
중 모르는 이가 없었다.

그리고 그 단호영이 주로 명령을 받는 대상은 북궁정이다.

북궁정이 의도한 바이든 의도하지 않았든 상관없었다. 명령
을 내린 당사자가 북궁정인 이상 그 비리의 책임은 북궁정에
게 있었다.

이제 그 비리는 모두에게 공개됐다. 무림맹은 어떻게든 그
에 관한 책임을 물어야만 한다.

같은 원령의 비리이니 원령원에서는 움직일 수가 없다.

그렇다면 책임을 물을 수 있는 것은 무림맹주 유건극이 유
일했다.

"참 공교롭지 않은가?"

맹주는 웃었다.

우연이라 하기에는 시기가 참으로 공교롭다.

북궁정은 무림맹 내에서 암살로 사망했다. 그의 사망과 동

시에 그동안 묻혀 있던 비리들이 터져 나왔다. 그리고 유건극은 남은 육대원령과 북궁세가에게 그 책임을 물어야만 한다.

조금만 눈이 있는 자라면 누군가 의도한 상황이라 보아도 좋을 정도였다.

"육대원령 쪽에서는 맹주님께서 정적인 북궁정을 암살하고 조작된 비리를 퍼뜨리고 있다고 주장하고 있는 실정입니다."

"…나라도 그리 생각할 걸세."

유건극은 고개를 끄덕였다.

조금만 눈이 있고 머리가 있는 사람이라면 그렇게 생각할 것이다.

지금껏 무림맹의 권력 체계에 가장 강력한 대립각을 세우던 유건극과 북궁정이기에 더욱 설득력이 있었다.

"…후훗!"

유건극의 입술이 말려 올라갔다.

"육가가… 미쳤군."

모든 것을 꿰뚫어버릴 것만 같은 그의 눈이 먼 곳을 향했다.

덜컥!

닫힌 문이 열렸다.

잘 정돈된 화단이 보이고, 그 너머로 거대한 돌담이 보인다. 그리고 그 위로 원령원의 원령전 지붕이 희미하게 보인다.

유건극은 이 모든 상황을 육가가 의도한 일로 생각하는 듯했다.

"준비하시게. 맹에 더 이상 육가는 필요 없네."

"……!"

사마중걸이 눈을 부릅떴다.

맹주가 칼을 뽑아 들었다.

지금껏 사마외도를 향하던 칼날이 이번엔 안으로 향했다.

"하, 하오나 그리 되면 맹주님께서 그렇게 지키시려 하던 무림맹의 전력은……."

무림맹주 유건극.

그는 언제나 맹의 전력을 최상의 상태로 유지해 왔다.

그러기 위해 자신의 반려와 혈육조차 적을 끌어내는 미끼로 내던졌고, 외면했다.

그 이후의 상황도 알고 있다.

실각.

맹주는 그것마저도 순순히 받아들이고 그가 가진 대부분의 권력을 내려놓았다.

그런 그가 스스로 맹의 가장 큰 전력을 쳐내겠다고 한다.

지금까지의 희생은 모두 무의미해진다.

"필요 없네. 북궁정이 없는 육가 따위!"

하지만 맹주의 결정은 단호했다.

그 의지는 사마중걸에게도 선명하게 다가왔다.

"준비… 하겠습니다."

"그러시게. 시간은 여유롭지 않을 걸세."

"하오나 상대는 육가입니다. 준비를 소홀히 해서는……."

"걱정할 것 없네. 욕심에 눈먼 돼지를 도축하는 일일 뿐이야."

칼을 빼 든 맹주는 과감했다.

무림맹에서 육가를 쳐내는 일은 아무것도 아니라는 듯 말하고 있다.

오랜 시간 잠들어 있던 유건극의 야수성이 번뜩였다.

사마중걸은 눈을 감아버렸다.

감은 두 눈을 대신해 밝아진 심상에는 시산혈해로 변해 버린 무림맹의 풍경이 선명히 그려진다.

흩뿌려진 핏자국, 사방에 널브러진 시신.

그 중심에 유건극이 서 있다.

'평화가 길었단 말인가…….'

사마중걸은 전란의 불씨가 당겨졌음을 직감했다.

그런 그의 귓가로 무심한 듯한 유건극의 목소리가 들려왔다.

"신풍대는 어찌 되었는가?"

신풍대.

무림에 불어올 새로운 바람.

전성기의 천권호무대를 훨씬 웃도는 맹주의 새로운 칼.

"준비는 모두 끝이 났습니다. 현재 동호 쪽으로 이동 중입니다."

"…그게 그리 어려운 일이었나?"

맹주가 물었다.

현재 신풍대는 무림에 모습을 드러내기에 앞서 시험을 치르고 있었다. 맹주의 명에 의해 시작된 시험이다.

아직 신풍대가 동호에 머물고 있음은 맹주가 내놓은 시험을 완수하지 못했음을 의미한다.

그리고 그것은 신풍대의 능력이 맹주의 기대치에 미치지 못함을 의미하기도 한다.

맹주는 철저한 사람이다.

기대에 미치지 못하는 신풍대를 용납하지 않을 사람이다.

식은땀이 흘러내린다.

"꼬리를 잡았다고 했습니다."

씨익!

그제야 맹주의 굳은 입가에 웃음이 걸렸다.

"그거 다행일세."

무엇이 다행이란 뜻일까.

"…그렇지요."

사마중걸은 그것을 생각하지도, 하려고도 하지 않았다.

*   *   *

긴 낚싯대를 어깨에 걸쳐 멘 노인이 휘적휘적 억새숲을 따라 걸었다.

그런 노인의 손을 잡은 소동이 짧은 보폭으로 노인과 걸음을 같이한다.

소동이 고개를 들어 노인을 바라보았다.

순진한 눈망울은 여름날 햇볕을 받아 반짝이는 강물을 닮아 있었다.

"할아버지, 우리 집에는 언제 가?"

"허허! 욘석아, 그 새를 못 참고 다리가 아파진 게냐?"

"웅. 배도 고프고 잠도 오고……. 우리 집에는 언제 가?"

풀 죽은 채 고개를 끄덕이는 소동.

소동의 물음에 노인은 먼 곳을 바라보았다.

"이 할아버지도 잘 모르겠구나. 언제쯤이면 집으로 돌아갈 수 있을는지."

"그럼 우린 지금 어디로 가고 있는 거야?"

소동이 질문을 바꿔 했다.

노인은 이번에도 고개를 저었다.

"그것도 모르겠구나. 일평생 물길을 잃어본 적이 없건만 지금은 어디로 가는지, 어디로 가야 할지도 모르겠구나."

노인의 눈빛이 서글픔이 어렸다.

하지만 아직 어린 소동은 그 서글픔을 보지 못했다.

그저 아리송한 노인의 대답에 고개를 갸웃거릴 뿐이다.

"그럼 우린 왜 집을 나온 거야?"

어디로 가는지도, 어디로 가야 할지도 모른다고 했다.

그러면 도대체 왜 집을 나왔을까.

소동은 이해할 수 없었다.

노인은 그런 소동의 물음에 웃음을 터뜨렸다.

"허허허! 모르겠구나, 모르겠어. 대체 우리가 어쩌다 멀쩡한 집을 두고 이리 떠돌아야 하는지."

"치, 할아버지 바보."

노인의 대답에 소동이 입을 삐죽 내밀었다.

"허허허! 그래, 이 할아버지는 바보인가 보구나."

노인은 그런 소동의 투정에 그저 크게 웃음을 터뜨릴 뿐이다.

노인의 시선이 하늘을 향했다.

"큰비가 오려나 보구나."

노인의 얼굴에 근심이 어렸다.

소동은 이번에도 입을 삐죽 내밀었다.

그런 소동의 모습에서는 이미 할아버지에 대한 믿음이 다한 듯 보였다.

"치! 거짓말! 할아버지는 바보! 하늘이 이렇게 맑은데?"

소동의 말처럼 하늘은 너무나 맑기만 했다.

8장
상아의 연주회

樂武林

무림맹 내부의 정세.

그것은 날로 급박하게 돌아가고 있었다.

이제 서로가 서로를 향해 날을 세우는 것을 감추지 않았다.

각자의 세력을 얻기 위한 노골적인 물밑작업과, 스스로의 정당성을 주장하기 위해 상대를 깎아내리는 일에 망설임이 없었다.

그 소식은 매일매일 유서린에게 전해졌다.

푸드득!

전서구가 날아오르고, 전서구가 전해준 소식을 읽어 내려가는 유서린의 얼굴은 날로 어두워져 갔다.

"가세요."

송현이 말했다.

벌써 며칠째 하는 같은 말이다.

송현의 그 말에 유서린이 화들짝 놀라 송현을 바라보았다.

벌써 며칠째 같은 반응이다.

송현은 웃었다.

"걱정하시잖아요. 불안하시잖아요. 그러니 이만 돌아가세요."

천권호무대든 무림맹주 유건극이든 상관없었다.

유서린은 걱정하고 있었다.

이미 마음은 무림맹에 가 있는 유서린에게 있어 이곳은 아무런 의미가 없는 곳이나 다름없었다.

적어도 송현의 눈에는 그렇게 보였다.

"아니요."

그러나 유서린은 오늘도 고개를 저었다.

"며칠만 더 지켜볼게요. 설마 벌써 제가 지겨워지신 건가요?"

"그럴 리가요."

송현은 고개를 휘휘 저었다.

유서린이 얼마나 자신에게 마음을 쓰고 있는지 잘 알고 있다. 그런데 그녀가 지겨워졌다니.

농담이라면 참 짓궂은 농담이다.

그런 송현의 대답에 유서린의 얼굴이 밝아진다.

"아참, 오늘은 귀한 손님이 오시는 날이에요."

갑작스러운 말이다.

"중요한 손님이라니요?"

송현이 의아한 듯 유서린을 향해 반문했다.

"있어요. 정말 중요한 손님. 송 악사님도 아마 싫어하시진 않을 거예요."

그러나 유서린은 송현의 궁금증을 해결해 주지 않았다.

오히려 의미 모를 미소만 지은 채로 휙 등을 돌려 버린다.

무언가 아주 즐거워 보인다.

유서린은 먼 곳을 바라보았다.

"이제 오실 때가 되었는데 말이죠."

유서린이 말한 귀한 손님은 송현도 익히 알고 있는 사람이었다.

아이가 산길을 오른다.

등 뒤에는 그 아이의 조그마한 덩치에 어울리는 작고 동그란 봇짐이 메어 있다.

"아이참! 하여간 아저씨는 상아 없으면 안 된다니까!"

아이, 아니, 상아는 조그마한 볼에 바람을 빵빵하게 불어넣었다.

이틀 전 유서린이 찾아왔다.

홀로 찾아온 유서린은 상아에게 꼭 한번 놀러 오라고 새끼손가락까지 걸며 약속을 받아갔다.

상아는 어리다.

하지만 눈치마저 어리지는 않았다.

유서린이 상아에게 놀러 오라는 약속을 받아낸 것이 송현 때문임을 모르지 않았다.

그래서 나섰다.

그렇게 상아가 송현의 거처로 향하는 오솔길을 오르고 있을 때,

"상아야."

"아저씨!"

상아의 기척을 들은 송현이 마중 나와 상아를 반겼다. 상아는 활짝 웃으며 달려가 송현의 품에 안겼다.

휘청!

다시 곡기를 끊은 탓일까.

조막만 한 아이가 품에 안기는 것도 이기지 못해 몸이 휘청거린다.

"상아가 여긴 무슨 일이야?"

송현은 무릎을 굽혀 상아와 눈높이를 맞추며 자상하게 물었다.

"아저씨랑 놀러 왔어요."

"혼자서?"

"아이참, 아저씨도! 상아도 이제 다 컸거든요? 이 정도는 혼자 올 수 있거든요?"

"하하하하!"

샐쭉 눈을 흘기는 상아의 대답에 송현은 그저 크게 웃을 뿐

이다.

하긴 어린 나이치고 상아의 길눈은 제법 밝은 편이다.

악양을 떠나기 전에도 상아는 곧잘 송현이 있는 악양루로 혼자 놀러 오고는 했다.

"오느라 힘들진 않았니?"

그런 송현의 뒤에 한 발자국 물러서 있던 유서린이 상아를 보며 묻는다.

상아는 송현 몰래 한쪽 눈을 깜빡였다.

그렇게 송현이 모르는 그들만의 신호를 주고받은 상아는 이내 자그마한 손으로 팔다리를 톡톡 두드렸다.

"힘들어요. 다리도 막 아프고요. 배도 막 고파요. 안아줘 요."

그리고 두 팔을 벌려 송현의 목에 감았다.

"웃차!"

송현은 그런 상아를 선뜻 품에 안아 목마를 태워주었다.

"배고파? 뭐 먹고 싶어?"

그리고 묻는다.

상아는 잠시 고민하는 듯하더니 이내 활짝 웃었다.

"음, 상아는 고기가 먹고 싶어요!"

어차피 대답은 정해져 있었다.

치이이이익!

오랜만에 고기 굽는 냄새가 집 안에 진동했다.

상아는 그 앙증맞은 입으로 송현이 건네주는 고기 살점을 맛있게 받아먹었다.

그 모습이 마치 부녀를 보는 듯 다정하다.

유서린은 그런 두 사람의 모습을 보고 작게 흐뭇한 미소를 지었다.

'웃고 계셔.'

송현이 웃고 있다.

비록 희미한 웃음이지만 그 웃음엔 전과 같은 다정함이 가득 담겨 있다.

너무나 보고 싶던 미소다.

"언니도, 언니도 주세요!"

그렇게 유서린이 생각에 빠져 있는 사이,

상아는 자신의 입에 고기를 넣어주는 송현에게 그렇게 말했다.

유서린은 퍼뜩 정신을 차렸다.

어색한 표정을 짓고 있는 송현의 모습이 보인다.

그리고 송현의 손에 들린 젓가락 끝에 잡힌 고기도 보인다.

화악!

얼굴이 붉어졌다.

찡긋!

'얘가!'

그런 유서린을 보고 상아가 한쪽 눈을 찡긋해 보인다.

그리고는 송현을 독촉했다.

"빨리요, 빨리! 네? 언니, 자! 아 해요."

막무가내로 떼쓰는 상아의 요구에 송현은 어색한 웃음을 지으며 유서린을 바라보았다.

이내 쓴웃음을 지으며 고개를 저었다.

"상아야, 그렇게 하면 유 소저 입장이 난처해지시잖아."

상아를 달랜다.

"아!"

그때였다.

유서린이 수줍은 얼굴을 감추며 어색하게 입을 벌렸다.

상아를 말리던 송현이 멀뚱히 유서린을 바라본다.

"왜요? 저는 싫으신가 보죠?"

유서린이 애써 부끄러운 표정을 감추며 물었다.

"아, 아닙니다."

송현은 급히 고개를 저었다.

다 큰 처자의 입에 먹을 것을 넣어주다니.

참으로 낯부끄러운 일이다.

하지만 자꾸만 재촉하는 상아의 눈빛도, 수줍은 얼굴을 감추며 입을 벌린 유서린도 무시할 수 없었다.

결국 송현은 젓가락을 움직여 유서린의 입에 고기를 넣어주었다.

"맛있네요."

유서린이 웃으며 말했다.

"크, 크흠! 다행이네요."

송현은 아직도 쑥스러운지 먼 곳만 바라본다.

"아하하하하하! 아저씨 얼굴 빨개요! 언니도 얼굴이 막 이렇게 빨개!"

상아는 무엇이 그리 재미있는지 까르르 웃음을 터뜨렸다.

그리고 눈을 반짝였다.

"아저씨, 이제 우리 뭐하고 놀까요?"

*　　　*　　　*

상아라는 작은 아이는 정말 큰 힘을 갖고 있었다.

모든 일에 의욕을 잃은 송현을 움직이게 했다. 웃게 했다. 난감하게 했고, 당황스럽게 했다.

송현에게 상아란 그런 존재다.

유서린은 그것을 알고 있었다. 처음 이곳 악양에서 송현을 보았을 때부터 송현이 상아를 대하는 마음이 각별함을 알고 있었다.

그것은 마치 어린 딸을 돌보는 아비의 모습을 닮아 있었다.

송현도 이 오랜만의 감정 변화가 싫지 않았다.

배를 채운 이후 상아와 손을 잡고 산책을 나섰다.

생전에 이초가 가꾸던 밭도 가보았다.

송현이 갈아두었던 밭은 잡초밭이 되어 있었다. 이초가 병상에 누워 있는 시간, 그리고 이초가 떠난 시간,

그 시간 동안 아무렇게나 방치되어 있었으니 그것은 어쩌면 당연한 일인지도 몰랐다.

"……."

송현은 멍하니 밭을 바라보았다.

그 밭 가운데에 상아가 있다. 상아는 무엇이 그리 좋은지 싱글거리는 웃음을 입에 머금은 채로 이리로 뛰어가서 앉았다가 또 저리로 뛰어가서 앉았다가를 반복한다.

떠나기 전, 송현은 저 밭의 가운데에 있었다.

그리고 지금 송현이 서 있는 자리에는 이초가 앉아 있었다.

송현은 밭을 갈았고, 이초는 여기에 앉아 그런 송현을 지켜봐 주었다.

그러나 시간이 지난 지금,

이초는 이곳에 없다.

별것도 아닌 일이다.

그 별것도 아닌 일에 괜히 가슴이 먹먹해졌다.

처음이다.

이초의 장례를 끝낸 이후 이렇게 가슴이 먹먹해지기는.

스윽.

그렇게 멍하니 상아의 모습을 지켜보는 송현의 손 위로 새하얀 손이 또 하나 얹어졌다.

고개를 돌려보니 유서린이 송현을 가만히 바라본다.

"…무슨 일이시죠?"

송현이 물었다.

"아니요. 아무것도."

유서린은 조용히 고개를 저으며 별다른 말을 하지 않았다.

그사이 요리조리 신난 토끼처럼 뛰어다니던 상아가 오도도 짧은 뜀박질로 송현과 유서린을 향해 달려왔다.

그리고 무언가를 내밀었다.

"짠! 어때요? 상아가 아저씨랑 언니한테 주는 선물!"

"꽃반지네?"

상아가 건넨 것은 평범한 들꽃으로 만들어진 꽃반지였다.

어린 솜씨로 만들어낸 꽃 가락지를 내미는 상아의 얼굴 가득 뿌듯한 미소가 머물러 있다.

"예, 꽃반지예요. 상아가 아저씨랑 언니한테 주려고 만들었어요. 예쁘죠?"

"그래, 예쁘네."

송현은 웃었다.

"자! 끼워줘야지."

"예!"

옹이 박힌 송현의 굵은 손가락에 작은 꽃반지가 끼워졌다. 유서린의 가는 손에도 마찬가지로 꽃반지가 끼워졌다.

"헤헤, 잘 어울려요!"

배시시 웃는 상아의 모습에 송현은 저도 모르게 따라 미소를 지었다.

슥슥.

"그래? 고마워."

상아의 머리를 쓰다듬는다.

그 후로도 한참 동안 상아는 잡초뿐인 밭에서 신나게 뛰어
놀았다.

잡초뿐인 밭이지만 송현에게 그 밭은 이초와의 추억이 묻어
있는 밭이다.

상아에게는 진귀한 보석이 숨겨져 있는 놀이터였다.

그렇게 해가 저물어갔다.

"이제 그만 내려가야지."

하늘을 올려다보던 송현이 말했다.

산은 해가 빨리 진다.

그전에 상아를 집에 데려다 줄 생각이다.

"왜요?"

하지만 상아는 오히려 눈을 동그랗게 뜨고 송현을 올려다보
았다.

"해가 저물어가잖아. 밤길은 위험하니까 해가 다 떨어지기
전에 내려가야지."

차근차근 이유를 설명하는 송현.

하지만 상아는 도리질을 친다.

"상아는 안 내려갈 건데요? 허락 받았어요. 옷도 싸가지고
왔잖아요."

상아가 등에 메고 있던 봇짐.

그 안에 든 것은 상아가 며칠 동안 송현의 거처에 머물면서

갈아입을 옷가지였다.

　송현은 상아를 돌려보내지 않았다.

　이미 허락까지 맡고 온 상아다.

　가기 싫다는 상아를 억지로 돌려보낼 이유는 없었다.

　방이야 넉넉하니까.

　첫날, 상아는 유서린과 함께 잠을 잤다.

　둘이서 소곤소곤 이야기를 나누는 것 같았지만, 송현은 애써 그 이야기를 듣지 않았다.

　그녀들만의 이야기를 엿듣는 것은 예의가 아님을 알기 때문이다. 그것은 상아가 어리고 어리지 않고의 문제가 아니었다.

　사람과 사람의 예의다.

　그렇게 하룻밤을 보냈다.

　다음 날 송현은 상아의 재촉에 이기지 못해 산에서 내려와야 했다.

　나란히 걷는 송현과 유서린 사이에 상아가 있다. 상아는 두 남녀의 손을 잡고 활짝 미소를 지었다.

　저잣거리에서 함께 당과를 사 먹기도 했고, 좋은 식당에서 맛있는 식사를 같이 했다.

　그리고 난 뒤 악양루로 향했다.

　상아가 악양루에 가보고 싶다고 해서이다.

　그렇게 막 악양루를 향해 길을 잡았을 때다.

"우와!'

송현과 유서린의 손을 꼭 잡고 길을 걷던 상아의 눈이 휘둥 그레졌다.

그리고는 두 사람의 손을 놓고 어디론가 달려간다.

조그마한 좌판이 열린 곳이다.

어려도 여자는 여자라는 것인지 상아의 관심을 온통 빼앗아 가 버린 좌판 위에는 갖가지 장신구들이 가득 진열되어 있었 다.

반짝반짝 빛을 내는 장신구는 질의 좋고 나쁨을 떠나 어린 상아를 매혹하기에 충분했다.

그중에서도 유독 상아의 눈길이 오래 머무는 곳이 있었 다.

"갖고 싶어?'

조용히 상아를 뒤따라온 송현이 상아의 머리를 쓰다듬으며 물었다.

그리고 선뜻 손을 뻗어 그것을 집어 들었다.

상아가 유독 관심을 보인 것은 목걸이였다.

청옥 빛을 가진 꽃 모양 장신구에 뚫린 구멍을 잘 무두질된 가죽 끈이 꿰고 있었다.

"예쁘구나. 갖고 싶어?'

송현이 은근히 상아를 보고 물었다.

"…갖고 싶지만… 그치만……."

상아는 선뜻 그렇다 하진 못하고 가는 손가락만 더듬을 뿐이다.

"그렇지만?"

"어, 엄마한테 혼날 거예요. 또 아저씨 부담되게 했다고…….."

기어들어 가는 소리로 하는 대답.

눈치 빠르고 맹랑하기 짝이 없는 상아지만, 이렇게 엄마에게 혼날까 무서워하는 모습은 또 영락없는 또래 아이의 모습과 다를 바 없었다.

송현은 웃었다.

그리고 주인을 향해 말했다.

"이걸로 주시겠습니까?"

"아이고, 따님이 얼굴만 예쁜 게 아니라 보는 눈도 보통이 아닙니다. 자, 은자 한 냥입니다."

매상을 올렸으니 상인의 입이 찢어질 듯 벌어졌다.

송현은 은자를 건네고 상인에게서 목걸이를 건네받았다.

"자! 이렇게 하면… 아주 예쁜걸."

그 후 직접 상아의 목에 목걸이를 걸어주었다.

그런데 웬걸.

그렇게 관심을 보이던 목걸이가 목에 걸렸음에도 상아의 얼굴은 시무룩하기만 했다.

"안 되는데……. 엄마한테 혼나는데……."

오 부인에게 혼날 걱정에 목에 건 목걸이도 전혀 기쁘지 않은 듯했다.

송현은 그런 상아의 머리를 쓰다듬어 주었다.

"이건 아저씨가 원해서 주는 선물이야. 상아가 사달라고 해서 사준 것이 아니고 말이야. 그러니 상아의 어머님도 상아를 혼내시지 못할걸."

"그, 그럴까요?"

그제야 푹 숙여 있던 상아의 고개가 들렸다.

송현을 올려다보는 상아의 두 눈이 기대감으로 반짝였다.

목에 걸린 목걸이보다 예쁜 반짝임이다.

송현은 고개를 끄덕였다.

"물론. 정 불안하면 아저씨가 상아의 어머님께 미리 이야기할게. 아저씨가 좋아서 먼저 선물한 거라고. 상아는 절대 사달라고 하지 않았다고 말이야. 그리고 이렇게 예쁘게 잘 어울리는걸. 유 소저께서 보시기엔 어떻습니까?"

상아를 안심시키기 위한 지원군으로 유서린을 찾았다.

"예……. 예?"

멍하니 서 있던 유서린은 그제야 송현의 목소리를 듣고 퍼뜩 정신을 차렸다.

그리고 활짝 웃었다.

"어머! 정말 잘 어울리는 걸요? 아이, 예뻐라."

목걸이를 걸고 있는 상아를 유서린이 꼭 안아준다.

그제야 상아의 얼굴에 가득하던 걱정도 사라졌다.

"헤헷! 감사합니다!"

자고로 여자란 나이가 많고 적음을 떠나 예쁘다는 말에 약해지게 마련이다.

그것은 상아도 마찬가지였다.

"아이고! 따님이 왜 이렇게 미인인가 했더니 이제 그 이유를 알겠습니다. 어머님도 보통 미인이 아니시군요. 아이고! 나리께서는 좋으시겠습니다! 한데 나리, 부인분은요? 따님은 이렇게 예쁜 목걸이를 선물하셨는데 부인께는 뭐 아무것도 없으시나요?"

흥이 난 상인의 입이 기름 바른 것처럼 유연하게 돌아갔다.

송현과 유서린, 거기다 상아까지 함께 있으니 셋을 가족으로 본 듯했다.

"하핫! 그, 그게……."

상인의 말에 송현과 유서린은 괜스레 얼굴이 붉어졌다.

그러다 송현이 물었다.

"혹 관심 가는 물건이라도 있으십니까?"

"아니에요. 저에게는 어울리지 않는 물건인걸요."

그런 송현의 물음에 유서린은 급히 손을 내저었다.

"이, 이러다 느, 늦겠네요. 어서 가시죠! 자, 가자!"

그리고는 도망이라도 치듯 서둘러 상아의 손을 잡고 먼저 걸음을 옮겨 버린다.

"허헛! 부인께서 수줍음이 많으신가 봅니다."

상인이 웃으며 말한다.

"그러게요. 수줍음이 많네요."

벌써 저만큼 멀어진 유서린과 상아의 모습을 멀거니 바라보던 송현이 고개를 끄덕였다.

그리고 시선을 옮겼다.

여러 가지 장신구가 자리 잡은 좌판.

그중에서도 잠시나마 유서린의 시선이 머물던 곳.

작은 팔찌가 있다.

은사를 꼬아 만든 팔찌는 어떠한 문양이나 장식도 되어 있지 않았지만, 이미 그 자체로도 충분히 아름다웠다.

송현은 웃었다.

'유 소저도 여자셨구나.'

안다. 여자라는 것은.

그저 오늘 다시 새삼 깨달았을 뿐이다.

송현은 볼을 붉적였다.

"선물해도… 괜찮을까?"

고민을 해본다.

하지만 이내 고개를 저었다.

"싫어하시겠지. 자존심이 강한 분이니까."

                    *   *   *

악양루 이 층.

넓게 트인 난간 밖으로 동정호의 풍경이 한눈에 들어온다. 시원한 강바람이 가슴을 뻥 뚫어주는 듯하다. 호수 위에는 커다란 상선이 쾌속하게 물살을 가르고 있다.

"오랜만이구나."

송현은 말없이 그 풍광을 감상했다.

송현의 방문에 찾아온 악양루 악사들과의 인사가 모든 끝난 다음이다.

유서린과 상아는 그런 송현에게 어떠한 말도 걸지 않았다.

그저 조용히 송현이 동정호의 풍경을 감상할 수 있도록 기다려 주었다.

그 마음씀씀이가 고맙다.

"이런, 너무 저 혼자만 분위기에 젖어 있었네요."

뒤늦게 정신을 차린 송현이 웃으며 머리를 긁적였다.

함께 와놓고 한마디 말도 하지 않은 채 혼자 분위기만 잡고 있었으니 실례는 실례였다.

송현의 사과에 유서린이 고개를 절레절레 저었다.

"아니에요. 저도 분위기에 취해 풍경을 감상하고 있었는걸요."

유서린이 작게 웃었다.

"처음 이 대인을 모시기 위해 악양에 왔을 때 제일 먼저 악양루에 왔었어요. 그때도 이렇게 앉아 밖의 풍경을 바라보았었죠."

유서린의 두 눈이 송현을 향한다.

작게 미소를 짓는다.

이초를 무림맹에 들이기 위해 악양에 왔었다. 그리고 그렇게 찾은 악양에서 송현과 첫 인연을 맺게 되었다.

악양루에서 바라보는 풍경은 유서린에게도 각별했다.

송현은 그런 유서린을 보고 마주 웃었다.

전의 웃음이 무안함에서 비롯된 것이라면, 지금의 웃음은 아릿한 그리움이 담긴 웃음이다.

"저도 그와 비슷합니다. 음의 길을 걷겠다는 생각으로 궁을 나서서 이곳 악양에 도착했을 때 제가 처음 찾은 곳도 이곳 악양루였습니다. 교방에서 제게 음률을 가르쳐 주신 은사께서 이곳을 추천해 주셨으니까요. 아니, 은사님께서는 아버지께서 아직 악양루에 머물고 있다고 알고 계셨지요. 그때 저도 여기에 이렇게 앉아 악양의 풍경을 바라보았습니다."

처음으로 궁을 나섰을 때다.

그때는 대부분이 송현에게 처음인 것들이었다.

가보지 않은 길을 찾아가는 것도 처음이고, 먼 길을 나서는 것도 처음이었다.

소리에도 한참 민감한 때인지라 저잣거리의 소리조차도 소음으로 느끼고 괴로워하던 때였다.

자연 심신이 지칠 수밖에 없었다.

"심적으로도 신체적으로도 많이 힘에 부치던 때였죠. 괜히 궁을 나온 것이 아닌가 후회하는 마음도 있었고 말입니다. 그런데 그 생각이 바뀌었습니다. 여기 이렇게 앉아 밖으로 보이는 풍경을 보고 있노라니 그냥 자연스럽게 궁을 나온 것이 잘

한 일이란 생각이 들었지요."

그 후 이초를 만났다.

이초가 절음했음을 깨달은 후에도 악양루와의 인연은 이어졌다.

악양루의 악사가 되어 연주했고, 멀어졌던 이초와의 연이 다시 이어진 곳도 이 악양루다.

악양루는 송현에게 참으로 많은 의미가 있는 곳이다.

"아버지를 만나게 된 시작도 이곳이고, 아버지와 음을 나눈 곳도 이곳입니다. 그러고 보면 아버지를 떠날 때도 저는 이 악양루 앞에서 마지막 연주를 펼쳤네요."

생각이 많아진다.

과거의 지나간 추억들이 새록새록 고개를 들이민다.

"저는 왜 그걸 몰랐을까요?"

송현이 물었다.

유서린을 향한 물음이었지만, 동시에 유서린을 향한 물음이 아니었다.

스스로를 향한 물음이다.

그토록 많은 추억이 묻어 있는 곳인데 정작 그것에 대해서는 별달리 생각해 본 일이 없다.

참으로 이상하다.

"아직도 이렇게 믿기지 않는데 말입니다."

아직도 이초의 죽음이 현실로 와 닿지 않거늘 왜 그것은 잊고 있었을까.

"송 악사님……."

유서린이 그런 송현의 손을 맞잡아주었다.

그때,

덜컥!

"아앗!"

한창 다과에 정신이 팔려 있던 상아가 벌떡 자리를 박차고 일어섰다.

그리고 소리쳤다.

"상아 화장실 다녀올게요!"

그리고는 후다닥 어디론가 뛰어간다.

"같이 가줄까?"

유서린이 물었지만 상아는 고개를 휘휘 저었다.

"저 아기 아니거든요? 혼자 갈 수 있어요!"

그리고는 다시 후다닥 계단을 내려간다.

"……."

갑작스레 깨진 분위기.

송현과 유서린은 말없이 서로를 가만히 바라보았다.

분위기가 깨지다 보니 무슨 말을 해야 할지도 선뜻 감이 잡히지 않는다.

그저 둘 사이에 어색한 분위기만 감돌 뿐이다.

"아!"

계속되는 어색한 분위기.

그 분위기를 먼저 희석한 이는 송현이었다.

불현듯 무언가 생각났는지 송현은 품 안을 뒤졌다.

그리고 무언가를 꺼내놓았다.

"선물이에요."

"이건……?"

송현이 내놓은 물건.

그것은 악양루로 오기 전 좌판에 펼쳐져 있던 팔찌였다. 유독 유서린이 그 팔찌에 시선을 거두지 못하던 것을 기억한 송현이 그것을 사둔 것이다.

"……."

유서린은 가만히 송현이 내민 팔찌를 바라보기만 할 뿐 아무런 말이 없었다.

무표정한 얼굴은 어떠한 감정도 드러나 있지 않았다.

그래서 그 표정이 몹시 화가 난 것처럼 보였다.

"역시 죄송해요. 멋대로 사버려서……."

송현은 그녀가 무어라 하기도 전에 먼저 사과했다.

자존심 강한 그녀다.

송현이 이렇게 팔찌를 선물한 것은 그런 그녀의 속마음을 멋대로 들여다본 것이나 다름없게 받아들여질지도 모른다.

송현은 그것이 걱정되었다.

그래서 팔찌를 사기 전에도 얼마나 망설였는지 모른다.

"저는 그냥… 유 소저께서 좋아하시는 것 같고… 또 유 소저께서 하시면 잘 어울리실 것 같아서… 그래서……."

변명하듯, 어린아이처럼 두서없이 말한다.

하지만 진심이다.

투둑.

유서린의 눈에서 맑은 물방울이 무릎 위로 떨어져 내린다.

"죄, 죄송해요!"

"고마워요."

두 사람의 목소리가 한데 섞였다.

송현은 사과했고, 유서린은 고맙다고 했다.

"예?"

불안한 예상과는 너무나 다른 유서린의 반응에 송현은 눈을 동그랗게 뜨고 반문했다.

그런 송현의 반문에 유서린이 숙인 고개를 들어 올렸다.

아름다운 그녀의 얼굴.

항상 화가 난 듯 살짝 치켜 올라간 눈매.

그 눈매가 초승달을 그리고 있다. 그리고 그 초승달에 작은 호수가 자리 잡고 있다. 호수에서는 맑은 물방울이 투툭 떨어져 내린다.

"……."

송현은 말을 담지 못했다.

유서린은 그런 송현을 마주 보며 팔찌를 소중하게 끌어안았다.

"정말 고마워요. 정말… 정말이에요."

유서린이 웃었다.

눈에서는 눈물방울이 떨어져 내리는데, 초승달을 그리는 그녀의 눈매와 그녀의 웃음 속에서 드러나는 감정들.

따스하다. 포근하다. 밝다.

"……."

순간 정신이 아득해졌다.

이상한 일이다.

조금 전까지만 해도 훤히 보이던 세상이 사라졌다.

송현의 두 눈에 비치는 세상.

그 세상에는 오롯이 유서린 혼자만 남아 있었다. 어디서 시작되었는지도 모르는 밝은 빛을 받으면서 환한 미소를 짓고 있다.

그 뒤로도 그녀는 무언가 말을 했다.

송현의 손을 잡아주기도 하고 고개를 숙이기도 했다.

그런데 그 소리조차 송현은 잘 들리지 않았다.

웃긴 것은,

그런 단절된 괴리감을 느끼면서도 손을 잡아주던 유서린의 손길에서 전해지는 온기는 고스란히 전해졌다.

아니, 그 온기마저도 평소와 달랐다.

처음엔 손이 맞닿은 부분이 따뜻했다. 평소와 다를 바 없었다. 그런데 그 온기가 점점 팔을 타고 올라왔다. 그렇게 팔을 타고 전해지는 온기가 점점 더 뜨거워지더니 종래에는 불에라도 데인 듯 화끈거렸다.

아프지는 않다.

이상하게 명치끝이 간질거리고 기분이 좋아진다.

이상하게 그마저도 현실적으로 느껴지지 않았다.

마치 꿈을 꾸고 있는 듯한 기분이었다.

짧은 순간이었다.

그 짧은 순간이 너무나 길게만 느껴졌다.

"…님. 악사님! 송 악사님?"

그리고 유서린의 목소리에 퍼뜩 정신이 돌아왔을 때,

"……."

송현이 느낀 첫 감정은 아쉬움이었다.

길게만 느껴지던 그 순간이 이제는 너무나 아쉽고 짧게만 느껴졌다.

"아! 죄, 죄송합니다."

송현은 퍼뜩 고개를 숙이며 사과했다.

무엇을 사과하는지도 모르고 하는 사과다.

"예? 아니에요. 그보다 괜찮으세요?"

유서린은 평소와 다른 송현의 모습에 오히려 송현을 걱정했다.

"아……. 괘, 괜찮……."

송현은 바보처럼 말을 더듬었다.

손을 내뻗는 유서린의 모습이 보인다. 유서린의 손이 이마에 닿았다.

검을 잡고 수련해 온 손이라 믿기 어려울 만큼 이마에 닿은 손은 너무나 보드라웠다.

걱정하는 표정의 유서린이 고개를 갸웃거린다.

"이상하다. 열은 없는데?"

"그, 그런가요?"

송현은 어색하게 웃었다.

이상하게 쑥스럽다. 잘못한 것도 없는데 자꾸만 가슴이 두근거린다.

따—랑!

불현듯 비파 소리가 들렸다.

비파 소리를 시작으로 송현의 귓가로 음악이 들려왔다.

그리고 그것은 송현의 귀에만 들리는 음악이 아니었다.

*　　　　*　　　　*

"치이—!"

계단 위로 빠끔히 고개를 내민 상아가 볼을 부풀렸다.

얼굴 가득 불만이 가득하다.

"허허허! 샘내는 것이냐?"

그런 상아를 보고 악양루의 악사 모도환이 속삭이는 듯 작은 목소리로 웃음을 터뜨리며 상아의 머리를 흐트러뜨렸다.

그런 모도환의 뒤로 오지겸을 포함한 다른 악양루의 악사들이 있다.

그들 또한 모도환과 마찬가지로 귀엽다는 눈빛으로 상아를 바라보고 있다.

볼을 부풀리던 상아는 절레절레 고개를 저었다.

"아니에요. 괜찮아요. 언니는 상아가 허락했으니까요. 언니는 예쁘고, 음, 착하고, 아무튼 좋은 사람이니까요."

애써 담담한 듯 행동한다.

하지만 어린아이의 표정은 본디 거짓말을 못하는 법이다.

아직도 삐죽 나온 입술은 상아의 불만을 숨길 수 없게 했다.

"앗! 빨리 가요!"

다시금 빠끔히 고개를 내밀고 있던 상아가 악사들을 독촉했다.

막 유서린이 송현의 이마에 손을 가져다 대고 열을 재고 있을 때였다.

미리 약속된 것이 있었다.

송현이 떠난 뒤에도 상아는 자주 악양루를 찾아와 악사들에게서 악기를 다루는 법을 배웠다.

그리고 최근 이초의 장례가 끝난 뒤 유서린이 찾아왔을 때, 눈치 빠른 상아는 유서린이 송현 때문에 자신을 찾아왔음을 직감했다.

그때부터 악양루의 악사들과 준비한 것이 있었다.

이초를 떠나보낸 송현을 위로하기 위한 것이었다.

띠—링!

상아가 조그마한 비파를 뜯었다.

그것을 시작으로 미리 약속한 대로 악양루의 악사들이 합주를 시작한다.

송현을 위로하기 위한 연주다.

송현을 앞에 두고 자그마한 연주회가 펼쳐졌다.

떵― 팅!

상아는 아직 어리다.

아무리 연습했다고 하지만 그것이 숙련된 악사들의 실력과 같을 수는 없다.

그러기에는 아직 시간도 노력도 많이 모자라다.

하지만 그 서툰 연주를 중심으로 한 연주회는 송현의 마음을 흔들었다.

실수한다고 해서, 서툴다고 해서 진심이 아닌 것은 아니다.

송현의 앞에서 연주를 펼치고 있는 상아는 진지했다.

마음을 다해 비파를 연주한다.

그리고 그 부족한 부분을 악양루의 악사들이 채워준다.

송현은 비파를 연주하는 상아에게서 눈을 떼지 않았다.

괜히 가슴이 뭉클해진다.

아까부터 자꾸 속에서 커다란 무언가가 꿈틀거리는 것만 같은 기분이다.

간지러운데 북받친다.

"......"

송현은 아무런 말도 하지 않았다.

그렇게 연주가 끝이 났다.

진지하게 비파를 연주하던 상아가 슬그머니 송현의 눈치를 살핀다.

"이, 이상하죠?"

"아니, 훌륭한데?"

"거짓말! 상아가 실수했는걸요? 그것도 하나, 둘, 셋……. 음, 그러니까 열 번, 아니, 열세 번!"

손가락을 꼽으며 자신이 대체 몇 번이나 실수를 했는지 헤아려 본다.

긴장한 탓인지 평소보다 많은 실수를 한 상아의 얼굴은 벌써부터 울상이다.

송현은 미소를 지으며 고개를 저었다.

"아니야. 정말 좋은 연주였어. 고마워."

"지, 진짜요?"

"물론이지."

"헤, 다행이다!"

그제야 상아가 마음을 놓고 웃는다.

긴장이 풀린 것인지 상아의 미소도 무언가 풀린 듯한 기분이 들게 한다.

그러더니 문득 상아가 송현을 향해 눈을 흘겼다.

"칫! 연습 더 해서 나중에 더 잘하면 보여주려고 했는데! 아저씨가 맨날 기운 없고 아무것도 안 하려고 하고… 아무튼 아저씨 때문에 연주한 거예요!"

무언가 억울한 모양이다.

하긴, 그 심정을 송현도 알고 있다.

본디 서투른 솜씨로 남들 앞에서 연주하는 것은 언제나 부끄러운 일이다.

그것은 연주에 숙달된 나중에도 마찬가지다.

상아 또한 그럴 것이다.

"미안해."

송현은 그저 사람 좋은 웃음을 지으며 사과했다.

상아도 그런 송현에게 더는 무어라 할 만큼 모질게 미움을 먹지 않았는지 그저 노려보며 한마디 할 뿐이다.

"그러니까 인제 그만 슬퍼해요. 상아는 아저씨가 슬픈 거 싫어요."

동심(童心).

아이의 마음은 맑은 호수와 같다.

너무나 맑아 그 속이 훤히 다 보이는 그런 호수다.

그렇게 맑은 호수는 겉으로 보기에는 얕아 보인다. 하지만 그 속은 한없이 깊다.

그 깊은 곳에서 울리는 진심.

그 맑은 진심의 깊이만큼 커다란 울림이 전해졌다.

괜히 가슴이 먹먹해진다.

속에서 무언가 강하게 치밀어 올랐다.

북받치는 감정.

투둑!

송현의 마음속.

메말라 버린 마음. 감정을 막아놓은 거대하고 단단한 둑.

그 둑에 작은 균열이 생겼다.

"그래, 고맙구나."

송현은 자신을 걱정해 주는 상아가 그저 고마웠다.

9장

동정호의 밤

樂武林

연주가 끝나고 함께 이야기를 나누다 보니 어느덧 해가 저물어가고 있었다.

송현이 악양루를 나온 것은 그때쯤이었다.

동정호 주위를 걸었다.

연주에 집중한 탓에 정신적으로 많이 피곤했는지 상아는 송현의 너른 등에 업혀 잠이 들었다.

나란히 걷는 송현과 유서린.

저잣거리의 상인이 두 사람을 부부로 착각할 만한 모습이 다시 재현되었다.

송현은 말이 없었다.

유서린은 그런 송현의 눈치를 살폈다.

상아의 연주 이후 송현은 어딘가 우울하고 처져 보였다.

그것이 못내 불안한 유서린이다.

그렇게 얼마나 걸었을까.

"고마워요."

송현이 조용히 입을 열었다.

"예?"

내내 송현의 눈치만 살피던 유서린은 화들짝 놀란 반응을 보였다.

송현이 작게 웃었다.

"고맙다고요. 상아가 집에 놀러 온 것도, 오늘 연주도… 유 소저께서 부탁한 일이죠?"

"알고… 계셨나요?"

"물론이죠."

송현은 담담하게 웃었다.

느닷없는 상아의 방문이었다. 유서린은 그런 상아의 방문을 미리 알고 있었다.

그리고 상아와 함께한 동선들.

하나같이 이초와의 추억을 떠올리게 하는 동선이다.

밭에 간 것도, 악양루에서 연주한 것도, 그리고 이렇게 동정 호를 걷는 것도.

그것도 눈치채지 못할 만큼 바보는 아니었다.

"죄송해요. 저는 그저……."

"고마워요."

송현은 유서린의 사과를 가로막았다.

그녀가 사과할 일이 아니다.

"제 생각보다 더 저를 생각해 주는 사람이 많다는 걸 알았어요."

송현은 웃었다.

이초의 죽음 이후 송현에게 찾아온 것은 무력감과 허무감이었다.

이초와 음률을 나누던 때,

그리고 이초가 송현을 아들로 받아들였을 때,

그때부터 이초라는 존재는 송현에게서 가장 커다란 의미를 지닌 존재가 되었다.

혈혈단신 외로운 성장기를 보낸 송현이기에 다시금 가족의 정을 느끼게 해준 이가 이초이니 어쩌면 당연한 일인지도 몰랐다.

그때부터 모든 것의 의미가 바뀌었다.

이초를 위해 음악의 끝을 보기로 마음먹었고, 이초를 위해 무림이란 세상 속으로 뛰어들었다.

그런 이초가 사라진 지금,

송현에게는 지금껏 해온 모든 일과 앞으로 해갈 모든 일이 더 이상 어떠한 의미도 갖지 못하게 된 것이다.

이후 찾아온 허무와 상실감은 슬픔마저도 덮어버릴 만큼 거대하고 무겁게 송현을 내리눌렀다.

"참… 못났다고 생각합니다."

송현은 웃었다.

그러나 그 웃음에 담긴 감정은 깊은 자책이었다.

"왜 지금껏 보지 못했을까요?"

지금껏 자신만 생각해 왔다.

참으로 이기적이다.

바보같이 곁에 있는 것도 볼 줄을 몰랐다. 심지어 이초의 죽음마저도 제대로 보지 못했다.

참 못난 사람이다.

참 못난 아들이다.

"이제라도……."

늦었을지도 모른다.

"바로잡아야겠죠?"

하지만 그럼에도 바로잡아야 한다.

그것이 송현이 할 일이다.

송현의 혼잣말과 같은 고백에 유서린은 아무런 말도 하지 않았다.

그저 마주 웃어줄 뿐이다.

그리고 고개를 끄덕여 주는 것이 그녀가 한 대답의 전부였다.

스윽.

유서린의 소리 없는 대답에 송현은 하늘을 올려다보았다.

별빛 한 점 없는 어두운 밤이다.

저 멀리 밤하늘에 밝은 빛이 번쩍이다 사라졌다.

쿠르릉!

그리고 들려오는 천둥소리.

"비가 오겠네요."

송현이 말했다.

비.

다시 의미를 찾기 시작한 송현이다.

그런 송현에게 있어서는 그마저도 의미가 있었다.

"아버지께서는 비 오는 날이 싫다고 하셨습니다."

꿰뚫린 단전이 쑤신다고 했다.

기력이 쇠해 내내 앓아누워 있어야 한다고 했다.

그래서 이초를 떠나던 날 송현은 비를 거두었다.

"오늘은… 아버지를 떠나보내는 날입니다."

그리고 오늘은 이초를 떠나보내는 날이다.

장례와 같은 모두를 위한 의식이 아니다.

마음속에서 이초를 떠나보내는 날이다. 이초를 떠나보내는
슬픔도, 원통함도 떠나보내는 날이다.

그것은 송현만을 위한 의식이었다.

그렇게 이초를 떠나보내는 날이다.

이초가 떠나가는 길에 비가 내리는 건 싫었다.

가락을 끌어올렸다.

둥—우—웅!

송현의 걸음이 땅에 닿는 순간 기묘한 울림이 흘러나왔다.

나지막하지만 힘 있는 음색이다.

악기는 없다.

악기도 없이 풍운조화를 부리는 일은 송현으로서도 함부로 하기 어려운 일이다.

하지만 될 것 같았다.

그냥 느낌이 그랬다.

그래서 했다.

그리고 됐다.

저 멀리 번개가 머문 하늘이 멀어져 간다.

송현이 만들어내는 가락의 기운이 주변의 기운과 섞인다. 자연스럽게 그 가락이 흩어지던 전과 달리 가락은 오히려 대기와 상동하며 점점 더 거대해졌다.

둥!

송현의 걸음을 옮길 때마다,

당!

장중한 음률이 흘러나왔다.

슬픔, 아쉬움, 미안함, 그리움, 회한.

복잡한 감정들이 장중한 음률 속에서 흘러나왔다.

마치 터진 둑으로 쏟아져 나온 물길이 마른 땅을 적시듯 은근히, 때론 격하게.

송현은 걸음걸음에 그 마음을 모두 담았다.

쏟아내고 또 쏟아낸다.

이초를 떠나보내는 마음을.

때론 아이처럼 투정도 부리고, 때론 어른처럼 애써 담담하게 절제한 슬픔을.

하늘이 열렸다.

밤하늘을 가득 채운 먹구름이 흩어졌다.

먹구름 뒤에 숨어 있던 달빛이 동정호 위로 내려앉았다.

그 순간,

'아버지!'

송현의 눈앞에 이초의 환영이 보였다.

이초는 송현을 보고 있지 않았다.

깡마른 체구로 힘겹게 헛헛하게 걸어가고 있었다.

송현은 그 뒷모습을 좇았다.

그렇게 송현에게 눈길조차 주지 않던 이초는 걷는 것마저
힘에 부치는지 바닥에 주저앉아 멍하니 동정호를 바라보았
다.

회한이 가득 담긴 얼굴로 중얼거린다.

그리고,

파문이 일었다.

송현조차도 들을 수 없는 거문고 소리가 들려왔다.

우습다.

들을 수 없는데도 거문고 소리가 있음을 안다.

그냥 보이고, 그냥 느껴진다.

그리고 송현은 그것이 자신이 펼쳐낸 거문고 소리임을 알고
있다.

참으로 이상한 일이다.

그 거문고 소리에 이초의 표정이 일변했다.

고개를 이쪽으로 돌렸다.

아니, 고개를 돌린 이초의 시선이 향하는 곳은 멀리 악양루가 있는 방향이었다.

이초의 표정이 일그러지더니 어느새 가슴을 부여잡고 고통스러워한다.

그리고 일갈했다.

"누가! 누가 나를 노래하느냐!"

이초의 일갈이 넓은 동정호를 뒤흔들었다.

이초는 심장을 부여잡고 거친 폭풍에 흔들리는 사시나무처럼 몸을 떨었다.

표정이 시시각각으로 변했다.

분노하기도 하고 슬퍼하기도 했다.

"크흐흐흐!"

그렇게 다변하는 감정 변화 끝에 이초는 울음인지 웃음인지 분간할 수 없는 소리를 흘려냈다.

그리고 붉게 충혈된 눈으로 주위를 훑었다.

떨어진 나뭇가지를 손에 쥐고 일어섰다.

소리쳤다.

"대체 내게 왜 이러는지 모르겠으나! 그래! 어디 함께 제대로 울어보자!"

나뭇가지를 쥐어 든 이초의 손이 허공을 때렸다.

쿵!

대기가 뒤흔들린다.

뒤흔들리는 대기 속에서 커다란 북소리가 울려 퍼졌다. 마치 우레와 같이 천지를 뒤집어 놓았다.

쿵! 쿵! 쿵!

그렇게 이초는 그 속에서 허공을 두드렸다.

대기를 연주한다.

'아! 아! 아버지……'

송현은 왈칵 눈시울이 붉어졌다.

과거 송현은 악양루에서, 이초는 이곳 동정호 호숫가에서 연주했다.

그때의 모습이 지금 눈앞에 펼쳐졌다.

그때와 같은 연주다.

너무나 슬프다. 이초가 만들어낸 북소리는 휘몰아치고 격정적으로 뒤흔들리지만, 그 속에 담긴 감정은 깊은 공허와 좌절, 그리고 그리움이었다.

이초의 시신을 수습하던 날부터 오늘까지 송현이 갖고 있던 감정을 이초가 연주하고 있었다.

'아버지……!'

송현은 속으로 이초를 불렀다.

두 발을 멈춘다.

쫘악!

손을 말아 쥐었다. 마치 눈에 보이지 않는 북채를 쥔 것과
같이 주먹을 쥔 송현의 손이 허공을 때렸다.

쿠―웅!

묵직한 북소리가 울려 퍼진다.

두―둥!

남은 한 손은 허공을 훑었다.

대기에 숨어 있던 거문고의 음률이 흘러나왔다.

그리고 노래했다.

상견시난별역난(相見時難別亦難)

동풍무력백화잔(東風無力百花殘)

춘잠도사사방진(春蠶到死絲方盡)

납거성회누시건(蠟炬成恢淚始乾)

효경단수운빈개(曉鏡但愁雲鬢改)

야음응각월광한(夜吟應覺月光寒)

봉산차거무다로(蓬山此去無多路)

청조은근위탐간(淸鳥慇勤爲探看)

어렵게 만났다가 헤어지긴 더 어려워

시들어지는 꽃을 바람인들 어이하리
봄누에는 죽음에 이르러 실이 끊기고
초는 재가 되어야 눈물이 마른다네
아침 거울 앞 변한 머리 한숨짓고
잠 못 이뤄 시 읊는 밤 달빛은 차리
봉래산은 여기서 멀지 않으니
파랑새야 살며시 가보고 오렴

그때 그날처럼,

처음 이초와 합주하며 서로의 살아온 생애와 아픔을 나누던 그때처럼 송현은 노래하고 연주했다.

주룩.

어느새 붉어진 송현의 눈에서 눈물 한 방울이 뺨을 타고 흘러내렸다.

봇물처럼 터진 눈물은 좀체 멈출 기미가 없다.

오히려 지금껏 참아온 눈물을 모두 쏟아버리기라도 할 듯 빗물처럼 눈물이 쏟아져 흘러내렸다.

어깨가 들썩이고, 목소리가 먹먹해진다.

눈물에 시야가 뿌옇게 흐려지고, 명치끝에서 북받쳐 오른 감정은 속 안의 모든 것을 끄집어낼 기세다.

쿠우우우!

먼 곳에서 동정호의 물길이 하늘로 치솟았다.

천지간에 음률이 가득 찼다.

구름 갠 하늘에 내리는 물방울에 달에는 달무리가 동그란 띠를 만들었다.

여우비가 내렸다.

이 또한 그날과 같다.

비구름을 쫓아내려 했건만, 결국 송현은 그날과 같이 동정호의 물길로 여우비를 만들어냈다.

이초는 땀과 빗물로 흠뻑 젖었다.

그리고 통곡하듯 소리쳤다.

"어찌, 어찌 그리 살았느냐! 어찌 그 외로움을 견디며 살았단 말이냐!"

그리고 우는 아이를 달래듯 속삭이고, 다독였다.

"풀어버리거라. 놓아주어야지. 너의 노래로 나는 이 좁은 마음속에 가두었던 아들을 배웅하였으니 나의 이 노래로 너도 배웅하거라."

정이 담긴 목소리.

너무나 듣고 싶던 그 목소리가 송현의 마음을 어루만졌다.

송현은 눈물 흘리는 얼굴로 고개를 끄덕였다.

'예, 떠나보내야지요. 그래야지요. 그래야 아버지께서 편히

가시겠지요. 그런데… 자신이 없습니다.'

떠나보낼 자신이 없다.

그럴 마음도 없다.

그래서 이초의 장례식에서조차 단 한 음의 음률도 만들어내지 않았다.

떠나보내야 함을 알면서도 말이다.

"이 미친놈이! 그리 말해도 못 알아 처먹고!"

불현듯 호통 소리가 들렸다.

"아버지!"

송현은 웃었다.

이초의 허상이, 아니, 이초가 송현을 향해 호통을 치고 있었다.

깡마른 몸 어디에서 힘이 나는지 이초의 호통은 온 동정호를 쩌렁쩌렁 울렸다.

"이제 네 아비 좀 보내주거라! 네놈의 그 좁은 속에 머무는 것도 이제 신물이 나는구나! 아! 답답해 죽겠어!"

이초가 가슴을 친다.

송현은 웃었다.

"어찌 보내드려야 할지 모르겠습니다."

"클클클, 마음만 놓으면 될 것을 무슨 어려운 일이라고 모른다 하는 것이냐. 저 날도 네놈은 네 조부를 보내주지 않았더냐."

"네, 그랬지요."

송현이 고개를 끄덕인다.

이초는 그런 송현을 보고 피식 웃더니 바닥에 털썩 주저앉았다.

"아, 뭐하느냐? 내가 죽어서도 네놈을 올려다봐야겠느냐?"

그리고 송현에게 옆자리를 내어준다.

송현은 웃으며 이초의 곁에 자리를 잡고 앉았다.

피 한 방울 섞이지 않은 부자가 나란히 앉아 동정호를 바라보았다.

"좋으십니까?"

송현이 물었다.

"뭐? 죽으니 좋으냐? 뭐 그런 걸 묻는 게냐?"

"…예. 돌아가시니 좋으십니까? 위에서 그렇게 그리워하시던 형님도 보시고 말입니다."

"이놈이 다 커서 투정을 부리는구나! 암, 좋다! 먼저 보낸 자식 놈 볼 수 있는 게 얼마나 좋은 일인지 네놈이 알 길이 없지. 한데 말이다."

툴툴거리던 이초가 말끝을 흐린다.

그리고 송현을 가만히 응시한다.

"마냥 좋지만도 않구나. 이게 다 네놈 걱정 때문이 아니더냐. 워낙 칠칠찮은 놈이다 보니 내가 죽어서도 네놈 걱정 때문에 잠을 제대로 잘 수 있어야 말이지."

"하하! 죄송합니다."

송현은 웃었다.

나무라는 이초였지만, 결국 송현을 향한 마음 씀이다.

송현은 그것만으로도 좋았다.

"물어보고 싶지 않으냐? 날 죽인 염병할 놈이 어떤 놈인지."

"여쭈면 가르쳐 주시겠습니까?"

"가르쳐 줄 것 같더냐? 자식 놈 인생 구렁텅이로 빠지는 꼴이 훤히 보이는데. 세상천지에 어떤 부모가 자식 놈을 그 지옥 속으로 밀어 넣고 싶으냐는 말이다."

"그렇지요?"

송현은 웃으며 고개를 끄덕였다.

애써 질문하지 않은 것은 이초가 대답하지 않을 것임을 알기 때문이다.

"그래도 할 겁니다. 복수."

"하여간 그놈의 고집은!"

빙그레 웃는 송현의 그 말에 이초가 버럭 성질을 부린다.

송현은 진지했다.

"저를 위해섭니다. 그래야만 제가 살 수 있을 것 같아요."

진지한 송현의 말에 이초가 멀뚱히 송현을 바라본다.

"아느냐?"

"무얼 말입니까?"

"나는 내 성격 더럽고 지랄 맞은 것을 알고 살았는데 말이다, 네놈은 네놈 성격이 더럽고 지랄 맞는지 아느냐 이 말이다. 하고많은 것 중에 그깟 복수에 목매고 있으니 하는 말이다."

"죄송합니다."

송현은 고개를 숙였다.

그럼에도 끝까지 복수를 포기하겠다는 말은 하지 않았다.

"고얀 놈 같으니."

이초가 삐죽 입을 내민다.

그러면서도 복수를 그만두라 거듭 말하지 않는 것은 송현의 쇠고집을 알기 때문이리라.

대신 이초는 다른 말을 했다.

"죽을 때 말이다."

"기억나십니까?"

"칼침을 몇 방이나 맞았는데 그걸 잊을까. 아무튼 죽을 때 말이다. 문득 이런 생각이 들더구나."

"어떤 생각이요?"

"지금껏 나는 그냥 흘러가다 보니 북을 잡게 되었고 음악을 시작했다고 생각했다. 자식새끼 부양하고 먹고살려면 일을 해야 했고, 그중 마음에 든 것이 북이었으니까. 따지고 보면 그 북도 전쟁터에서 들은 북소리가 전부였으니 말이다."

안다.

이초와 살아온 삶을 이야기했을 때,

이초가 살아온 삶 또한 들어서 알고 있다.

"한데 그것이 아니더구나. 그냥 이리저리 부평초처럼 흘러가다 북채를 잡은 것이 아니었어."

"그러면 어떤 이유에서였습니까?"

피식.

송현의 물음에 이초가 웃었다.

"이야기하고 싶었다."

"예?"

"그냥 이야기를 하고 싶었다는 말이다. 북이란 것도, 음악이란 것도 그 매개체였을 뿐이지."

격렬했던 삶을 살다 간 이초다.

그 격렬한 삶 속에 녹아 있는 슬픔과 괴로움, 억울함과 분노, 그리고 그리움과 두려움.

그 모든 감정을 이야기하고 싶었다.

그 이야기하고 싶다는 무의식이 이초를 예인의 길로 이끌었다.

"내 생각에는 말이다, 이런 추측이 아주 잘못된 것은 아닌 것 같다. 고대로부터 내려와 발전되고 전승된 음악이란 것이 무엇이더냐. 그 시작도 결국 나와 크게 다르지 않지 않겠느냔 말이다."

이초가 송현을 바라본다.

주름진 눈가에 숨겨진 눈동자는 심연처럼 깊고 어두웠다.

"태초에 음악이란 것이 시작된 것도 하늘과, 아니, 세상 만물과 이야기하고 싶어서가 아니었겠느냐. 오늘은 사냥이 잘되게 해주십시오, 우리 가족이 아프지 않게 해주십시오, 오늘은 슬프니 울어야겠습니다, 죽은 친지야, 잘 가시게, 뭐 이따위로 말이다."

음악의 본질을 이야기하고 있는 것이다.

심각한 표정을 짓던 송현은 이내 고개를 끄덕였다.

지금도 중원 변경에는 태고의 모습을 간직한 채 살아가는 이들이 있다.

그들에게 음악이 그랬다.

조잡한 악기로, 목소리로 노래한다.

그 음의 형식은 다르지만 그들이 하는 연주와 노래에는 여러 가지 의미가 있었다.

찾아온 손님을 환영하는 노래, 주술사가 하늘에 기도를 올리며 하는 노래.

결국 그것들은 이초의 말대로 말하고 표현하기 위함이다.

"어쩌면… 그럴 수도 있겠지요."

진지하게 그 의미를 살피던 송현이 고개를 끄덕였다.

"한데 궁금한 것이 있더구나."

"무엇이 말입니까?"

"네놈은 왜 음악을 시작한 것이더냐? 아니, 네게 음악이란 무엇이냐?"

두 눈을 직시하며 묻는 이초의 물음에 송현은 선뜻 대답하지 못했다.

무어라 해야 할까.

수만 가지의 이유가 머릿속을 떠돌았다.

동시에 수만 가지 의심이 머릿속을 맴돌았다.

그 이유들이 과연 진짜 이유일까.

스스로에게 되물어본다.

송현의 얼굴이 심각해질수록 이초는 웃었다.

"말하거라. 네게 음악이란 무엇이냐?"

온갖 상념이 떠도는 머리를 턴 송현은 이내 이초를 두 눈을 마주 보며 대답했다.

"좋았습니다."

"좋았다?"

"예. 그냥 좋았습니다. 언제부터인지도 모른 채 그냥 좋았습니다."

"흘흘흘! 그냥이라……. 그래, 어쩌면 네 길이 맞는지도 모르겠구나."

이초와는 전혀 다른 이유다.

이초와 같은 설명도 없었다.

그냥이다.

하나 이초는 그것을 두고 무어라 탓하지도, 송현의 이유가 잘못되었다 부정하지도 않았다.

그저 그대로 고개를 끄덕여 주었다.

툭툭!

이초가 엉덩이를 털며 일어섰다.

"가십니까?"

그런 이초를 보며 송현이 물었다.

"가야지. 저승길이 구만리야. 지금 출발해서 언제나 도착할지 감도 잡히지 않는다."

"조심히… 잘… 가세요."

송현이 그런 이초를 떠나보냈다.

"오냐!"

이초는 뒤도 돌아보지 않고 간단한 대답만 남긴 채 앞으로 나아갔다.

그러다 걸음을 멈춘다.

"고맙다."

고맙다고 한다.

"네놈이 있어 그래도 내 생에 감사할 수 있었다. 신인지 신선 나부랭이인지 있는지 없는지는 몰라도 아무튼 네놈이 있어서 그냥 감사해지더구나."

"그러셨습니까?"

"그랬다."

이초의 짧은 대답이 왜 이렇게 감사한지 모른다.

송현은 고개를 숙였다.

"저도… 감사해요, 아버지."

주룩!

잠시 멈췄던 눈물이 다시 쏟아져 내린다.

송현은 울었다.

이초를 배웅했음에도 그 떠나보냄이 고통스러웠다.

마음이 아파 울고, 이제 다시는 보지 못함을 알기에 울었다. 먼 길을 홀로 갈 이초가 걱정되어서 울었다.

다 큰 남정네의 꼴사나운 모습이지만, 동시에 가장 진솔한 모습이기도 했다.

"괜찮아요. 이제… 이제 괜찮아요."

유서린은 그런 송현을 안아 들썩이는 어깨를 토닥여 주었다.

송현은 유서린의 어깨에 얼굴을 묻고 눈물을 흘려냈다.

"으아아앙! 아저씨, 울지 마! 히끅!"

송현의 울음에 잠에서 깬 상아는 상황이 어떻게 된지도 모른 채 그냥 송현이 운다는 사실 하나만으로 함께 눈물을 흘렸다.

유서린도 울고 있다.

함께 울어준다.

가슴에 따스한 온기가 차올랐다.

허하던 마음속에 사람의 온기가 되돌아왔다.

"죄송합니다."

송현은 그렇게 한참을 울고 나서야 눈물을 그쳤다.

속에 있는 모든 눈물을 쏟아냈으니 이제 더는 쏟아낼 눈물도 나오지 않는다.

목은 이미 쉬어버린 지 오래다.

"상아야, 아저씨 안 울어. 이제 괜찮아."

"정말? 진짜지? 히끅! 아저씨가 슬퍼서 상아가 얼마나 슬펐는지 알아?"

송현의 토닥임에 상아도 눈물을 그쳤다.

유서린은 눈물 가득한 얼굴로 송현을 보며 웃었다.

"이 대인은 보내주셨나요?"

송현의 연주를 곁에서 모두 지켜본 유서린이다.

송현이 연주 속에서 누굴 만났고, 또 어떤 대화를 나누었는지도 모두 지켜보았다.

믿기 어려운 일이지만 놀라지 않았다.

송현이기 때문이다.

처음부터 송현의 힘은 유서린이 가진 상식의 것들이 아니었으니까.

송현은 마주 웃으며 고개를 끄덕였다.

"예."

그런 송현의 웃음에 유서린의 웃음도 더욱 밝아졌다.

와락!

유서린이 송현의 품에 안겼다.

"고마워요."

무엇이 고맙다는 걸까.

송현은 고개를 저었다.

"아니요. 제가 고맙습니다."

유서린이 아니었다면 아직도 좁은 가슴속에 이초를 가두어 두고 떠나보내지 못했으리라.

송현은 그것이 너무나 고마웠다.

꽈악!

유서린을 끌어안은 송현의 손에 더욱더 힘이 들어갔다.

          *   *   *

  총군사 사마중걸의 걸음이 바빴다.

  그렇게 바쁜 걸음으로 도착한 곳은 무림맹주 유건극이 거하
고 있는 맹주전이었다.

  덜컥!

  평소와 달리 사마중걸은 맹주의 허락도 받지 않고 문을 열
고 들어섰다.

  "급전입니다."

  "허! 좋은 쪽은 아닌가 봄세."

  맹주는 갑작스러운 사마중걸의 방문에도 태연히 대답했다.

  "신풍대에서 급하게 전해온 전갈입니다. 흔적을… 놓쳤다
고 합니다."

  맹주의 표정이 굳었다.

  "…확실히 좋은 쪽은 아니군."

  맹주는 굳은 표정으로 사마중걸을 바라보았다.

  실패할 수 없는 임무였다.

  아니, 실패해서는 안 되는 임무다.

  지금껏 이렇게 시간을 소요한 것도 맹주의 기대치에 한참을
미치지 못하는 결과다.

  하물며 실패하라니.

  "총군사와 본인이 전력을 기울인 결과가 이것이라면… 솔

직히 실망일세."

모든 핵심 권력을 내주면서도 신풍대 육성에만큼은 최상의 지원을 아끼지 않았다. 수단과 방법을 가리지도 않았고, 필요한 것이 있으면 무리를 하는 한이 있더라도 지원했다.

신풍대는 맹주가 꿈꾸는 세상을 불러올 새로운 바람이었기 때문이다.

"이유가 있습니다."

그런 맹주의 차가운 반응에 사마중걸은 급히 말을 받았다.

신풍대 육성에 가장 중추적인 인물이 사마중걸이었다. 실제로 현재 정식으로 공표되지 않은 신풍대에 명령을 내리고 지휘한 것도 사마중걸이다.

신풍대의 무능은 사마중걸의 무능을 의미했다.

그래서 더욱 이유를 말할 필요가 있었다.

"말하시게."

"급전에 따르면 상식적으로 있을 수 없는 일이 벌어졌다고 합니다."

"상식적으로 있을 수 없는 일?"

"예! 보고에 따르면 신풍대는 목표를 동정호까지 추적하였다고 합니다. 목표에 치명상을 입히고 강 위에서 거의 사살할 수 있는 상황이었습니다. 한데!"

"한데?"

"동정호가 솟구쳤습니다. 물길이 멋대로 뒤틀리고 흔들려 사살에 실패하고 그 흔적마저도 지워졌다고 합니다. 따로 확인한 결과 그것은 분명 사실입니다."

"동정호가 솟구쳤다……. 어디서 들어본 이야기일세."

오래된 옛날 일도 아니다.

그러니 기억하지 못할 리가 없다.

"악양선인 송현……. 그자가 일전에 그와 같은 기사를 벌인 적이 있습니다."

"그래, 맞아. 그랬지. 일이 참 공교롭게 돌아가는 모양일세. 치명상을 입혔다고?"

"살아날 확률은 이 할 안팎이라 합니다."

살아날 확률이 이 할.

거기에 동정호가 솟구쳤다.

휘몰아치는 물길 속에서 살아날 확률은 더욱더 줄어들 것이다.

"복귀하라 이르게. 곧 육가를 쳐야 하니 더 이상 지체할 수도 없는 노릇이고."

"하오나 육가를 치기 위한 사전 준비가 아직……."

"돌고 돌아 제자리야. 우리가 저들의 어느 부를 얼마나 포섭하든, 저들 또한 우리 측 세력을 포섭하려 하고 있는 건 마찬가지란 말일세. 저들은 움직여야 하고, 나는 저들을 쳐내야 해. 결국 결론은 하나야."

"무력… 말이십니까?"

사마중걸이 어렵게 입을 열었다.

육가의 세력을 결코 작지 않다. 그것은 무림맹 내에서도 마찬가지다.

그럼에도 이른 시일 안에 결판을 내기로 했다면 무력을 바탕으로 한 제압이 유일했다.

"이곳은 무림이지 않은가?"

맹주는 웃었다.

*　　　*　　　*

밤.

상아를 배웅하고 돌아온 송현은 잠이 들었다.

어두운 방 안에 곤히 잠든 송현은 오랜만에 숙면을 취했다.

산중을 관통하는 바람 소리에도 송현은 미동도 하지 않은 채 잠에 빠져 있었다.

툭.

"후훗!"

그런 송현의 볼을 한번 콕 찔러보던 유서린의 입가에 웃음이 번졌다.

"어쩜 아기처럼 이리 곤히 주무실까?"

귀가 예민한 송현이다.

자그마한 소리에도 쉽게 잠에서 깬다.

그것은 천권호무대에서 함께 임무를 나서면서부터 흔히 겪은 송현의 모습이다.

그런 송현이 유서린이 곁에서 볼을 찌르고 있어도 모를 정도로 잠에 빠져 있으니 참으로 신기해 보인다.

한편으로는 그런 송현의 모습에 웃음이 나왔다.

송현이 알았다면 기겁했을 테지만 송현은 지금 숙면에 든 상태다.

유서린은 송현의 곁에 누워 잠든 송현의 모습을 지켜보았다.

순한 얼굴, 순한 눈매.

"많이 힘드셨지요?"

유서린은 어린아이 어르듯 송현의 가슴을 토닥이며 말했다.

심적으로나 육체적으로나 많이 힘들었을 것이다.

그것을 표현하지 않고 안으로 쌓아두기만 했으니 더더욱 그러했을 것이다.

오늘 눈물은 그 모든 것을 털어내는 눈물이었다.

그 긴장이 한꺼번에 풀렸으니 세상모르고 잠에 든 것도 충분히 이해할 수 있었다.

꼭.

유서린은 송현의 손을 잡았다.

따스한 온기가 전해진다.

그 온기가 가슴으로 전해지는 것 같아 더욱 흐뭇하다.

그때였다.

흠칫!

일순 유서린의 몸이 경직되었다.

'무림인? 하지만 왜?'

누군가 빠른 속도로 숲을 올라오고 있었다.

그 방향은 이곳이다.

무림인의 기척.

유서린은 조심스럽게 몸을 일으켰다.

송현을 깨우지 않았다.

'오랜만에 푹 주무시는걸.'

정말 오랜만에 찾아온 휴식이다.

그 달콤한 단잠을 방해하고 싶지 않았다.

유서린은 조심스럽게 방문을 열고 마당으로 걸어 나왔다.

'눈치챘어!'

검파를 잡은 유서린의 얼굴이 또다시 일변했다.

빠른 속도로 다가오던 기척이 순간 사라졌다. 마치 처음부터 존재하지 않았던 것 같이 감쪽같이 사라진 기척이다.

상대가 유서린의 존재를 눈치챘다.

'어쩌면 이 대인을 해한 흉수일지도 몰라.'

이유 없이 찾아온 무림인.

불현듯 떠오른 생각에 식은땀이 흐른다.

유서린의 경계심이 날카롭게 곤두섰다.

휘잉—!

바람이 불었다.

불어오는 바람에 유서린의 머리칼과 옷자락이 펄럭였다.

그 순간,

"허허! 떨쳐냈다 여겼건만 마수는 이곳까지 뻗쳐 있었구나!"

등 뒤에서 허허로운 목소리가 들려왔다.

'어느 틈에!'

유서린이 급히 몸을 돌려 경계태세를 갖추려 했다.

"움직이지 말거라."

하지만 들려오는 경고에 몸을 멈출 수밖에 없었다.

눈치채지 못한 사이, 목 끝에 날카로운 무언가가 맞닿아 있다.

희고 고운 유서린의 목덜미에 오돌오돌 솜털이 돋았다.

'대체 누구이기에!'

고수다.

그것도 유서린이 감히 홀로 맞설 수조차 없는 고수다.

그런 유서린의 시야로 은은하게 빛나는 별빛에 반사되어 반짝이는 은사가 눈에 들어왔다.

은사는 유서린을 중심으로 마치 그물처럼 펼쳐져 있다.

목 끝에 닿은 날붙이가 아니더라도 손끝 하나 잘못 움직이는 순간 은사는 날카롭게 유서린의 온몸을 조여올 것이다.

"누구시죠? 어느 고인이시기에 이 밤중에 이런 무례를 범하시는 거죠?"

유서린의 목소리가 서늘하게 가라앉았다.

그 물음에 웃음소리가 대답으로 돌아왔다.

"허허허! 모르쇠로 나오겠다는 건가?"

그의 웃음에 은사가 흔들린다.

투둑.

그리고 무언가 땅으로 떨어져 내렸다.

유서린은 곁눈질로 그것을 확인했다.

'피?'

달빛에 드러난 것은 분명 붉은 핏방울이었다.

'부상을 당했어!'

상대는 부상을 당했다.

유서린의 감각을 완전히 속일 만큼 뛰어난 고수가 펼친 은사가 단지 웃음을 터뜨렸단 이유로 흔들려서는 말이 되지 않는다.

심각한 부상일 것이다.

스릉!

그것을 확인한 순간 유서린은 재빨리 검을 뽑아 몸을 돌렸다.

목을 훑고 지나가는 날카로운 날붙이가 전해주는 고통에 잠시 미간을 찌푸렸지만, 유서린의 검은 정확히 상대를 겨누고 있었다.

거리가 있다.

상대는 송현의 거처 지붕 위에 오롯이 서서 유서린을 지켜보고 있었다.

그런 상대의 품에 안긴 무언가.

'아이?'

아이다.

잠든 듯 눈을 감고 있는 아이의 호흡이 이제야 느껴진다.

고르다.

상처를 입은 상대와 달리 아이의 몸에 별다른 부상은 없는 듯했다.

유서린의 고개가 올라간다.

은사를 펼치고 자신을 노린 상대를 확인했다.

그리고 이내 두 눈의 동공이 확장되었다.

"당신이 여긴 왜?"

이곳에 있을 이유가 없는 사람이 이 자리에 있다.

더더욱 서로를 향해 적의를 드러낼 필요가 없는 사람이다.

그런데 그는 유서린을 향해 적의를 드러내고 있었다.

달빛을 등진 그가 유서린을 향해 차가운 눈빛을 빛냈다.

"모르쇠로 일관하니 가르쳐 주지. 너희가 찾던 죽조도인 장사옹일세."

휘익!

낚싯대가 움직였다.

별빛에 은빛으로 반짝이는 낚싯줄이 유려한 곡선을 그리며 유서린을 향해 옥죄어 날아들었다.

'대체 왜?'

목을 조여오는 살수를 확인하고도 유서린은 마지막까지 의문을 떨치지 못했다.

짹짹짹.

동이 터오기 무섭게 부지런한 산새들이 바쁘게 지저귀며 아침을 알렸다.

송현이 긴 단잠에서 깨어난 것도 그때쯤이다.

"유 소저?"

가장 먼저 유서린을 찾았다.

지난밤 송현은 유서린의 손을 잡고 잠에 들었다.

그냥 단지 두런두런 이야기를 나누려 했는데, 곤한 몸을 이기지 못하고 단잠에 빠졌다.

얼마 만에 이렇게 잠을 청했는지 기억도 나지 않을 정도다.

그렇게 기분 좋게 일어난 아침.

유서린은 어디에도 없었다.

부엌에도, 그동안 유서린이 머물렀던 방에도.

유서린의 흔적은 어디에도 없었다.

유서린이 내는 가락조차 들리지 않는다.

송현은 이 산에 사람이라고는 오롯이 자신 하나만 존재하고 있음을 깨달았다.

유서린의 흔적은 마루맡에서였다.

곱게 접은 손수건이 있다.

손수건엔 글자가 적혀 있다.

무림맹에 다녀올게요.

섬세한 필체로 적힌 그것은 분명 유서린의 서체였다.

"…그렇구나."

송현은 고개를 끄덕였다.

'하긴, 유 소저는 무림을 떠난 것이 아니었으니까.'

최근 무림맹 내의 정세가 긴박하게 돌아가고 있음을 알고 있다.

송현이 이제 마음을 털어냈으니 유서린도 더는 이곳에 머물고 있을 수만은 없었을 것이다.

충분히 이해할 수 있는 일이다.

그래도 아쉽다.

"인사라도 하고 가시지."

그럼 막지 않았을 텐데, 붙잡고 곤란하게 하지 않았을 텐데.

문득 외로워졌다.

잠들기 전까지만 해도 뿌듯하게 가슴을 가득 채우던 온기가 모두 사라져 버린 기분이다.

연주가 하고 싶었다.

텅 비어버린 가슴을 채우고 싶었다.

아니, 그것은 핑계일지도 모른다.

"그냥."

그냥 하고 싶었다.

송현은 오랫동안 내버려 두었던 거문고를 잡았다.

연주했다.

송현이 만들어낸 음률이 아침 산자락을 타고 넓게 번져갔다.

광릉산보의 연주가 그 속에 스며들었다.

『악공무림』 6권에 계속…

황금사과의 창작공간

http://cafe.naver.com/ goldapple2010.cafe

김현우 퓨전 판타지 소설

레드 크로니클
Red Chronicle

「드림워커」, 「컴플리트 메이지」의 작가
김현우가 색다르게 선보이는 자신작!

「레드 크로니클」

백 년의 세월 검을 들고 검의 오의에
다가선 남자 티엘 로운.

모든 것을 베는 그가 마지막으로
검을 휘둘렀을 때
그를 찾아온 것은 갈라진 시공간,
그리고… 자신의 젊은 시절이었다!

"하암, 귀찮군."

검의 오의를 안 남자가 대륙을 바꾼다!
티엘 로운의 대륙 질풍기!

Book Publishing CHUNGEORAM

유행이 아닌 자유추구 –
WWW.chungeoram.com

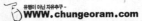

김현석 현대 판타지 소설
전능의 팔찌
THE OMNIPOTENT BRACELET
「신화창조」의 작가 김현석이 그려내는
새로운 판타지 세상이 현대에 도래한다!
삼류대학 수학과 출신, 김현수
낙하산을 타고 국내 굴지의 대기업 천지건설(주)에 입사하다!
상사의 등살에 못 견뎌 떠난 산행에서, 대마법사 멀린과의 인연이 이어지고……
어떻게 잡은 직장인데 그만둘 수 있으랴!!
전능의 팔찌가 현수를 승승장구의 길로 이끈다!
통쾌함과 즐거움을 버무린 색다른 재미!
지.구. 유.일.의 마법사 김현수의 성공신화 창조기!
Book Publishing CHUNGEORAM
유행이 아닌 자유추구 -
www.chungeoram.com

용병귀환

유왕 판타지 장편 소설

수십 년 전, 용병왕의 등장으로 생겨난
왕국과 용병의 세계.
평소엔 한없이 가볍지만 화나면 누구보다 무서운,
놀고먹고 싶은 그가 돌아왔다!

하지만 바람과는 달리 과거 그의 앙숙과 대륙의 판도는
도저히 그를 놓아주질 않는데……

—— "용병은 그냥, 돈 받고 칼을 빌려주는 놈들이니까."

그의 용병 철학은 단순했다.

"물론, 누구에게 빌려주느냐가 문제겠지?"

**수십 년 전, 용병왕의 등장으로 생겨난
왕국과 용병의 세계.
평소엔 한없이 가볍지만 화나면 누구보다 무서운,
놀고먹고 싶은 그가 돌아왔다!**

하지만 바람과는 달리 과거 그의 앙숙과 대륙의 판도는
도저히 그를 놓아주질 않는데……

"용병은 그냥, 돈 받고 칼을 빌려주는 놈들이니까."

그의 용병 철학은 단순했다.

"물론, 누구에게 빌려주느냐가 문제겠지?"